braumüller

Gerhard Köpf

Palmengrenzen

ROMAN

braumüller

Bibliografische Information der Deutschen Nationalbibliothek
Die Deutsche Nationalbibliothek verzeichnet diese Publikation in der
Deutschen Nationalbibliografie; detaillierte bibliografische Daten
sind im Internet über http://dnb.d-nb.de abrufbar.

1. Auflage 2020
© 2020 by Braumüller GmbH
Servitengasse 5, A-1090 Wien
www.braumueller.at

Coverfoto: Shutterstock / © frankie's
Druck: GGP Media GmbH, Karl-Marx-Straße 24, 07381 Pößneck
ISBN 978-3-99200-269-6

*Die schönsten Stunden im Leben
liegen häufig ein wenig außerhalb der Legalität.*

Alain Delon

Prolog des Herausgebers

Viele wussten, wer er war, aber richtig gekannt hat ihn kaum einer. Seinesgleichen findet man heute nicht mehr. Ziegler hieß er, Bruno Ziegler. Manchmal behauptete er scherzend, man habe ihn nach dem Ketzer Giordano Bruno getauft, und eines Tages werde auch er auf dem Campo de' Fiori enden.

Von Beruf war er Notar, Doktor beider Rechte, des zivilen und des kanonischen. Unter seinen Eigenheiten stach eine hervor: Er schrieb immer alles auf. Penibel wie er war, legte er Verzeichnisse an, verfasste Aktennotizen, protokollierte, dokumentierte, wie man es ihm im Studium beigebracht hatte nach der Devise: Was nicht dokumentiert ist, existiert nicht. Daran hielt er fest. Bis zum Schluss. Stets hatte er sein Notizbuch zur Hand. Nur der letzte Eintrag fehlt.

Alles andere liegt vor. Diese Aufzeichnungen übergebe ich hiermit der Öffentlichkeit. Das bin ich ihm schuldig, und ich bin sicher, dass er es so gewollt hätte, denn ich kannte ihn gut. Bruno Ziegler war mein Freund. Er war beruflich viel unterwegs. Aber von seiner letzten Reise kam er nicht mehr lebend nach München zurück. Wie oft er schon nach Italien gefahren ist, kann ich nicht zählen. Schließlich lebte er sogar eine Zeitlang in diesem Land, in das er regelrecht vernarrt war, wohl wissend, dass es nirgendwo auf der Welt so viele „Italienkenner" gibt wie in München. Mit denen hatte er nichts zu tun.

Als der Eurocity EC 82 aus Bologna Centrale an Josephi vergangenen Jahres mit 13 Minuten Verspätung um 22 Uhr vierzig im Münchner Hauptbahnhof einlief, fanden Angehörige der Putzkolonne seine Leiche in einem Abteil Erster Klasse, dessen Vorhänge zugezogen waren. Da waren die Waggons schon zur Reinigung abgestellt: nicht auf dem Campo de' Fiori, sondern hinter dem Ostbahnhof. Der Tote hatte ein Loch im Kopf, allem Anschein nach war er mit einer Pistole aus nächster Nähe erschossen worden. Er war sofort tot. Es war ein Augenschuss. Jeder Krimileser weiß, dass dies gewöhnlich jemandem gilt, der etwas gesehen hat, das er nicht hätte sehen sollen. Neben ihm lagen ein zerlesenes Exemplar des Romans *Palermo Connection* und ein nagelneuer Hut. Ein feines italienisches Modell, ein *Borghi Lorenzo*. Wie der gerichtsmedizinische Befund ergab, muss die Tat nach der obligatorischen Grenzkontrolle auf dem letzten Teil der Strecke zwischen Rosenheim und München ausgeführt worden sein. Niemand hatte etwas gesehen oder gehört. Da weder Brieftasche noch Geld oder Wertgegenstände fehlten, kann Raubmord ausgeschlossen werden. Offensichtlich handelte es sich um eine Hinrichtung. Es wurde mit großer Sicherheit ein Schalldämpfer verwendet. Weder gab es Kampfspuren noch sonstige Hinweise im Abteil. Die Fingerabdrücke waren naturgemäß viel zu zahlreich, um sie sinnvoll auswerten zu können.

Die Ermittlungen gestalteten sich als äußerst schwierig. Augenzeugen gab es nicht, das Zugpersonal konnte keinerlei Auskunft geben, sämtliche Mitreisenden waren in alle Winde zerstreut, und bis zum heutigen Tag wurde kein Täter verhaftet. Von einem Motiv fehlt jede Spur. Bei Nachfragen erhält man die stereotype Antwort: Zu den laufenden Ermittlungen können wir aus taktischen Gründen keine weiteren Angaben machen. Das bedeutet alles und nichts.

Bruno Ziegler hatte keine Feinde. Sein Tod muss meines Erachtens etwas mit seiner letzten Reise nach Mailand zu tun haben, und er muss etwas gewusst oder gesehen haben, das ihn das Leben kostete. Hatte ihm sein letzter obskurer Bekannter, der ebenfalls ermordete Hotelier Aniello Sidara, ein Geheimnis anvertraut, über das nichts in seinen Aufzeichnungen stand? Mussten die beiden Männer deshalb sterben? Ein Sprichwort der Mafia sagt: Drei können ein Geheimnis wahren, wenn zwei tot sind.

Da es Bruno Ziegler nie um persönliche Reichtümer oder materielle Güter zu tun war, konnte es auch irgendetwas mit dem Allgäu zu tun haben, dem Land, aus dem er stammte und dem er sich, im Gegensatz zu mir, mit wachsender Sorge verbunden fühlte.

Außer seinen Kleidern konnten jene Papiere Zieglers sichergestellt werden, die ich mit ausdrücklicher Zustimmung der Staatsanwaltschaft dem Leser hiermit übergebe.

Damit verbinde ich die aufrichtige Hoffnung, etwas zur Aufklärung des scheußlichen Verbrechens an meinem besten Freund beitragen zu können. Sollten Sie also etwas wissen, verehrte Damen und Herren, so bitte ich Sie inständig, sich zu melden. Jede Kleinigkeit kann von Bedeutung sein, und jeder, dem etwas Verdächtiges aufgefallen ist oder der von dem außergewöhnlichen Fall Kenntnis hat, möge sich umgehend mit der Polizei oder der Staatsanwaltschaft in Verbindung setzen. Dabei kann auf Wunsch auch Vertraulichkeit zugesichert werden.

Bruno und ich kannten uns seit vielen Jahren. Wir stammten beide aus dem Allgäu, beide studierten wir in München, lebten ein Jahr gemeinsam in Rom und haben uns trotz unterschiedlicher beruflicher und privater Entwicklungen nie aus den Augen verloren. Beide hatten wir eine bewegte Jugend hinter uns. Um diese zu charakterisieren, muss die Chiffre 68 genügen. Allerdings war ich nicht so kompliziert gestrickt wie er. Bruno entschied sich damals für Jura und interessierte sich zuletzt für die Kulturgeschichte der Henkersmahlzeit, ich wurde Apotheker und sammle seit Jahren Schneekugeln der Marke *Rosebud*. Wir waren beide verwitwet und ohne Nachkommen, gewissermaßen die letzten Mohikaner.

Insbesondere in den letzten Jahren nach unserer Pensionierung hat sich unser Kontakt wieder intensiviert. Wenn Bruno gerade nicht auf Reisen war, sahen wir uns mehrfach wöchentlich oder telefonierten miteinander. Beide lebten wir zurückgezogen und nahmen kaum noch am kulturellen Leben teil, zumal es überwiegend von Prosecco-Intellektuellen beherrscht wurde. Im Alter nimmt die Zahl der Freunde auf natürliche Weise ab. Alte Feindschaften unterliegen demselben Gesetz, und zu neuen hat unsere Energie nicht mehr gereicht. Die großen Schlachten waren geschlagen, für Prügeleien waren wir zu alt. Dafür trafen wir uns in Cafés und plauderten über Rotwein, tote Dichter und die Politik. Dabei zitierte Bruno gern Karl Heinz Bohrer, der die Kohl-Republik einst eine „Fußgängerzone des Geistes" genannt hatte, und er stellte zuletzt die Frage: Und heute?

Zwischen uns gab es nur ein Tabu: Das Thema Krankheiten. Darüber wurde geschwiegen. Ebenso über die Adressen irgendwelcher medizinischer „Spezialisten". Wir besaßen auch keine E-Bikes und spielten weder Tennis noch Golf. Stattdessen tauschten wir uns über unsere Forschungen als Privatgelehrte aus und führten jene sokratischen Dialoge fort, die wir Mitte der 8oer-Jahre in Rom im Restaurant *Al Pompiere* begonnen hatten. Vor diesem Hintergrund geistiger Verbundenheit bestimmten wir uns, wie notariell hinterlegt, wechselseitig als Nachlassverwalter. Deshalb bin ich im Besitz der folgenden Aufzeichnungen.

Es gab für uns alte Knaben nicht mehr viel, was wir wirklich ernst nahmen. Wir gehörten jener wertekonservativen Generation an, die allmählich im Aussterben begriffen ist. Unser Interesse an Frauen war erfahrungsgemäß nur noch von einer sanften, selbstironischen Misogynie geprägt. Wir glichen Darstellern in einem alten Film, den man schon hundertmal gesehen hat, den man in- und auswendig kennt, was jedes Mal zutiefst beruhigend wirkt und einen gründlich davon abhält, sein Leben doch noch ändern zu wollen.

Jetzt bin ich allein beim Frühstück und an den Abenden, und gleiche jenen alten Männern, die in dunklen Anzügen irgendwo im Süden auf Bänken sitzen, den Hut ins Gesicht gezogen, die mit ihren Stöcken im Sand scharren und bei mildem Nachmittagslicht langsam durch die Erinnerungen segeln wie durch ein altes Gemälde.

Alte Männer in der späten Sonne haben nicht mehr viel Zeit, um ein wenig Gold aus ihrer eigenen Geschichte zu waschen. Die Erinnerungen zerren an ihrem Gedächtnis wie ein junger Hund und wollen von der Leine gelassen werden. Ihre einzige Hoffnung für die Zukunft ist ein gnädiger Tod, der ihrer Enttäuschung, nicht fertig geworden zu sein mit dem richtigen Leben, zuvorkommt. Das Ungestüme ist schon lange aus ihren Augen gewichen, denn sie haben im Leben gelernt, im rechten Augenblick wegzuschauen. Das macht sie zuversichtlich, das Schlimmste nicht mehr erleben zu müssen, weil sie es bereits hinter sich haben. Noch immer glauben sie, von den alten Zeiten etwas in Pacht zu haben, und immer weiter möchten sie sprechen, wie Kinder, die abends nicht ins Bett wollen. Die in den Kies gezeichneten Kreise gleichen geheimnisvollen Zeichen, die auch diese Alten nicht deuten können, obgleich sie alle etwas mit Vergänglichkeit zu tun haben angesichts des bescheidenen Genusses, den die täglich zager werdende Sonne verspricht. Niemand kennt den Film, der vor dem inneren Auge der einsam schweigenden Männer auf der Parkbank abläuft, und keiner weiß, wo er beginnt und wie er endet.

Aber ich will nicht schweigen, denn ich kann mich mit dem Tod meines besten Freundes und langjährigen Weggefährten nicht abfinden. Zwar habe ich meine eigene Theorie zum Mord an Bruno Ziegler, die ich schon x-fach zu Protokoll gegeben habe, doch mag ich noch so schlüssig argumentieren: Die offiziellen Stellen wollen meine Ansichten nicht teilen. Sie lehnen jedwede Beteiligung der Mafia ab und vertreten stur wie Ochsen die offizielle These, Bayern sei seit vielen Jahren der Spitzenreiter bei der Inneren Sicherheit. Nirgendwo sei es sicherer für die Bürger, zu leben und in Unternehmen zu investieren.

So verkündet es vollmundig die Politik. Wollte man ihr Glauben schenken, so gäbe es weit und breit keine Mafia. Am wenigsten in den Allgäuer Dörfern.

Aber wer glaubt schon der Politik? Sie übersieht die Kleinigkeit, dass auch die Cosa Nostra in den Dörfern entstanden und groß geworden ist.

Auf den folgenden Seiten wird von meinem Freund gewissenhaft berichtet, wie sich langsam und unauffällig, versteckt hinter kleinen, harmlos scheinenden Geschäften die Mafia ausgebreitet und allmählich nach Norden verschoben hat, bis sie in den 80er-Jahren im Allgäu angekommen ist. Es ist die Geschichte einer ebenso verschwiegenen wie erfolgreichen Eroberung.

Diente das Allgäu der Mafia zunächst als erholsames Rückzuggebiet, so ist es heute eine effiziente Operationsbasis. Eine neue Generation ist jetzt aktiv. Man nennt sie die Geräuschlosen. Sie bomben keine Staatsanwälte mehr in die Luft, sondern sind soziale Aufsteiger, international aufgestellt, fachlich hoch qualifiziert, bis in Regierungskreise hinein bestens vernetzt und in erster Linie bestrebt, keinerlei Aufsehen zu erregen. Wo ihnen das gelingt, sind sie weitaus effizienter als ihre Väter, die noch wild um sich schossen.

Deshalb stimmt ironischerweise zuletzt doch, was die Politik sagt und der sizilianische Schriftsteller Leonardo Sciascia schon in den 8oer-Jahren prophezeite: Die Staatsmacht wird zum Schutzschild der Mafia. Nirgendwo ist es für die Mafia sicherer zu leben und in ihre Unternehmen zu investieren.

Die Palmengrenze

Non puoi aprire la porta del passato senza farle cigolare, lautet ein altes Sprichwort der Cosa Nostra: Man kann das Tor zur Vergangenheit nicht öffnen, ohne dass es knarrt. Jede Geschichte öffnet ein Fenster in die Vergangenheit, selbst wenn sie in der Gegenwart spielt, aber nicht jede Geschichte muss ein gutes Ende haben. Manche Geschichten haben gar kein Ende, weil sie noch immer andauern. Das könnte auch für diese Aufzeichnungen gelten.

Gestatten Sie, dass ich mich vorstelle: Mein Name ist Bruno Ziegler.

Ich bin Notar im Ruhestand. Geboren wurde ich kurz nach Kriegsende 1945 in Wertach im Allgäu, seit über fünfzig Jahren lebe ich in München. Meine aktuellen Aufzeichnungen beginnen in einem Hutladen in Milano: Dieser Besuch in der *Cappelleria Melegari* war lange geplant. So viel Zeit vor meiner

Heimreise musste sein! Das Geschäft existiert seit über hundert Jahren. Ein Dorado der Mützen und Hüte in allen Farben, Formen und Größen. Ich war ohnehin schon seit Jahren auf der Suche nach einem geeigneten Hut: weiche, nicht zu große oder zu breite Krempe, dunkelgrau, dezentes schwarzes Band, seidengefüttert. Der Verkäufer, ein feiner älterer Herr mit besten Manieren, tadellos sitzendem Blazer und strengem Windsorknoten, wusste sofort, was ich mir vorstellte. Er taxierte meinen Kopf und nannte mit der Geschmeidigkeit eines Profis meine Größe. Der Venditore legte mir seine Angebote vor und strich ein wenig gönnerhaft mit bleichen femininen Fingern und manikürten Nägeln über den edlen Filz, was ich ihm angesichts der noblen Umgebung, in der sich der Handel vollziehen sollte, durchaus gönnte. Das erste Modell, das ich probierte, saß ein wenig zu stramm, das zweite war mir etwas zu auffällig, beim dritten schien mir die geschwungene Krempe zu amerikanisch. Das Exemplar in der untersten Schachtel jedoch gefiel mir auf Anhieb. Ich probierte das gute Stück an und fühlte mich wohl. Es war zwar kein Borsalino, dafür ein feiner *Borghi Lorenzo*. Der Hut saß, als trüge ich ihn schon seit Jahren. So muss es sein. Auch der feine Herr hinter der Ladentheke war mit meiner Wahl einverstanden, was ein ironisches Lächeln verriet, das über seinen Mund huschte. Hatte der Verkäufer wirklich soeben Humphrey Bogart gemurmelt? Oder bildete ich mir das nur ein? Ironie, verpackt als Kompliment, ist eine italienische Spezialität. Der Signore verstand sich auf Schmeicheleien, um mir das Bezahlen zu erleichtern. Bei dem Preis hätte mir eigentlich schwindlig werden müssen. Als ich den Laden verließ, merkte ich, dass ich irgendwie anders ging. Mein Schrittmaß hatte sich verändert. Mir war zumute wie nach einem Kinobesuch, der einem den Rücken stärkt und die Gangart verändert. Das kam von dem, was ich da auf dem Kopf trug. Jedes Schaufenster nützte ich, um mich zu überzeugen, dass ich in Wirklichkeit aus einem Film stammte. Erst drei Straßen weiter merkte ich, dass mir ein bekanntes Gesicht folgte. Man spürt so etwas instinktiv.

Der Mann, der mich seit Monza beschattete, war gut gekleidet, um die Vierzig, circa eins achtzig, drahtig und muskulös, wie ich aus den Augenwinkeln feststellen konnte. Er verlor mich – ob absichtlich oder nicht, entzieht sich meiner Kenntnis – zuletzt im Menschengewimmel. Es war nicht schwer, sich zu verlieren. Milano Centrale ist einer der größten und zugleich wichtigsten Bahnhöfe Europas. Seine imposante Erscheinung verdankt er Mussolini. Heute zählt der Hauptbahnhof zu den Grandi Stazioni Italiens. In der Haupthalle herrscht ein schier unüberschaubares Gewusel, man könnte sich tagelang darin aufhalten und Studien betreiben. Doch ich musste zurück nach Hause.

Die italienischen Züge waren überraschend sauber und pünktlich. In Milano Centrale nahm ich den Frecciarossa nach Venezia Santa Lucia, stieg aber in Verona Porta Nuova um und fuhr mit dem aus Bologna kommenden EC über den Brenner Richtung München. Meine Forschungen im Archivio di Stato di Milano zur Kulturgeschichte der Henkersmahlzeit waren abgeschlossen, sämtliche mir wichtigen Materialien gesammelt und gesichtet. Jetzt fehlte nur noch die Reinschrift, die ich in aller Ruhe zu Hause vornehmen würde. Nachdem ich mich im leeren Abteil ausgebreitet, das Gepäck verstaut, den Mantel an den Haken gehängt, die Schuhe abgestreift und meine Beine auf dem gegenüberliegenden Sitz ausgestreckt hatte, überließ ich mich dem Dahingleiten des Zuges und schickte meine Gedanken auf Freiflug hinaus aus dem Fenster, um entspannt noch einmal all jene Ereignisse zu rekapitulieren, die mich in letzter Zeit auf so eigenartige Weise beschäftigt hatten. Den Hut behielt ich auf und schob ihn lediglich ein wenig ins Genick.

Ich schloss die Augen und war sogleich in einem Film, der vor mir ablief. Dabei muss ich wohl vor lauter Kopfkino eingenickt sein. Als ich wieder erwachte, zückte ich, einer alten Gewohnheit folgend, mein Notizbuch. Schon begann mein Stift wie von selbst über das Papier zu gleiten und die Seiten zu füllen. Ich fühlte in mir den Drang, jene Dinge skizzenhaft noch einmal gedanklich zu durchleben, die in mein bis dahin bestens eingerichtetes, notariell geordnetes Leben getreten waren, in dem ich mich durchaus wohl gefühlt hatte. Erfahrungsgemäß gelang mir das Rekapitulieren immer am besten, wenn ich es aufschrieb. Ich legte sozusagen gewohnheitsmäßig eine Aktennotiz an. Dabei war mir, als suchten die Geschehnisse ihren Weg aus meinem Kopf über meinen rechten Arm in meine Hand, und von dort, verlängert über meinen Bleistift, in mein Notizbuch. Es war eine Art Automatismus, verbunden mit dem Bedürfnis, meine jüngsten Erfahrungen einer Institution mitzuteilen. Aber wer kam dafür infrage? Für „Innere Sicherheit" ist das Innenministerium zuständig. In Bayern gibt es außerdem das Staatsministerium der Finanzen, für Landesentwicklung und Heimat: eine Fächerverbindung, die wie von der Mafia ersonnen scheint. Finanzen und Heimat! Kernkompetenzen der Ehrenwerten Gesellschaft. Die höchste Institution für mich war freilich immer noch mein Notizbuch, dem ich meine Gedanken, meine Erfahrungen und Erlebnisse anvertraute und auf das ich jederzeit zurückgreifen konnte. Ich halte mich an die eiserne Regel: *Nulla dies sine linea.*

„Mafia" ist ein inflationär gebrauchtes Wort, das angeblich vom arabischen *mafya* stammt mit der Bedeutung von „Ort des Schattens". Andere nennen ein Theaterstück namens *I mafiusi di la Vicaria* aus dem neunzehnten Jahrhundert als Ursprung. Mögen sich darüber die Gelehrten streiten ... Fest steht: Kein Mafioso nennt sich Mafioso, und keiner spricht von der Mafia. Es geht immer nur um die gemeinsame Sache: La Cosa Nostra.

Mein Bleistift trieb mich weiter, die Worte flogen nur so aufs Papier, sie ließen sich nicht länger zurückhalten. Mich erfasste eine Art Schreibrausch, und mich überraschte, was sich da wie von selbst formulierte und unter der Hand zugleich ein Ich entwarf, in dem das Subjekt vom Ego separiert war.

Nicht, wo du die Bäume kennst, sondern wo die Bäume dich kennen, ist Heimat, hörte ich einst auf einer Reise durch die Mandschurei. Der jüngst wieder in Mode gekommene, seiner angebräunten Ränder notdürftig entkleidete und von höchsten Stellen erneut in ideologische Umlaufbahnen geschossene Begriff der Heimat ist mir alles andere als fremd. Allerdings hat sich in meiner Heimat seit vielen Jahren etwas festgesetzt, das mittlerweile nicht mehr wegzudenken oder wegzudiskutieren ist, weil es dieser Region ihr zeitgenössisches Profil verschafft.

Ich spreche von der Ehrenwerten Gesellschaft, der Mafia, die von ihren Mitgliedern nie so genannt wird. Sie sprechen je nach Region von der Cosa Nostra, der 'Ndrangheta, Camorra oder der Sacra Corona Unita. Und diese gehören zum Allgäu wie Laptop und Lederhose zu Bayern, fast möchte ich sagen: Dieses lodenversiegelte Allgäu ist der *Club Méditerranée* der Mafia!

Die Ursache dafür ist die Verschiebung der Palmengrenze. Diese Theorie geht auf den sizilianischen Schriftsteller Leonardo Sciascia zurück. Wie sich die Palmen immer weiter nach Norden ausbreiten, breitet sich auch die Mafia immer weiter aus. Palmen wachsen heute auch an Orten, an denen sie gestern noch undenkbar waren. Und genauso verhalte es sich, so Sciascia, mit der Verbreitung der Mafia. Mittlerweile wachsen Palmen und Mafia nicht nur in den industriellen Zentren, sondern auch im Allgäu.

Aus dem Sammelordner

Die Henkersmahlzeit ist weit mehr als eine ironische Generosität des Rechts. Alle Zeiten kennen sie, und auf allen Erdteilen ist sie zu finden. Lange herrschte die Meinung, das Henkermahl befriedige mehr den „Appetit der Massen für sentimentale Erregung" als den Hunger des Delinquenten.

Die Geräuschlosen

Ich glaube an Italien. Für eine Weile habe ich in Italien gelebt und war mit einer Italienerin verheiratet, die in Umbrien, genauer gesagt in Gubbio, geboren wurde, der Stadt der *Quaranta Martiri*. Maria kam vor Jahren bei einem Verkehrsunfall ums Leben. Die erste italienische Stadt, die ich kennenlernte, war Brescello. Der Flecken liegt in der Emilia-Romagna und erschien mir immer wie ein Abbild von ganz Italien, wenn auch in Schwarz-Weiß. Ich kannte die Menschen dieser Stadt, vor allem aber die Kirche, das Pfarrhaus sowie die Casa del Popolo, und ich kannte den katholischen Pfarrer und den kommunistischen Bürgermeister: Don Camillo und Peppone.

Am Ende meiner Tage möchte ich in Italien sterben und dort begraben werden. Ich trinke italienischen Kaffee, liebe italienische Weine, esse italienische Pasta, verwende in meiner Küche ausschließlich italienisches

Olivenöl. Jeden Tag frühstücke ich bei einem Italiener, ohne Italien ist mir mein Leben nicht vorstellbar, obwohl ich in der privilegierten amerikanischen Besatzungszone aufwuchs und meine Sozialisation zunächst den Ikonen des Siegers geschuldet war. Doch mit dem ersten italienischen Eis, das ich in einer Gelateria namens *Dolomiti* lutschte, änderte sich schlagartig alles. Von da an zählte nur noch Italien!

Nichts ist mir widerlicher als die deutschen Vorurteile gegen Italiener: Sie seien allesamt kriminelle Katzelmacher, zu faul zum Arbeiten, hätten nichts als Dolce vita und Makkaroni im Kopf und außerdem die Deutschen im Weltkrieg verraten. Bestenfalls von Autos und Mode verstünden sie etwas, aber das sei auch schon alles. Dummes Geschwätz, sonst nichts. Jetzt bin ich alt und denke immer noch viel über Italien und die Italiener nach. In Italien gab es schon eine Hochkultur, als die Germanen noch auf den Bäumen hockten. Das wenige, das die Deutschen an Sinn für Eleganz und Schönheit haben, verdanken sie den Italienern. Für die Deutschen war Italien nie nur ein Nachbarland unter vielen, es war immer das Land der Sehnsucht und der Selbstfindung. Alle bedeutenden Künstler zog es nach Italien. Goethe erlebte in Rom seine „Wiedergeburt", und selbst Thomas Bernhard ist auf der Piazza Minerva „ein neuer Mensch" geworden. Naturwissenschaftliche und philosophische, künstlerische und theologische, politische und musikalische Impulse gingen von Italien aus. *La Grande Bellezza* ist etwas Italienisches. Trotz all der Verwerfungen in Vergangenheit und Gegenwart: Ich glaube an Italien.

Wie lange es die Mafia schon gibt, ist mittlerweile eine Frage unter Gelehrten. Ich will nicht bis ins 13. Jahrhundert zurückgehen, sondern mich auf die jüngere Geschichte beschränken: Sicher ist, dass die Landung der Alliierten in Italien in Kooperation mit der sizilianischen Cosa Nostra vorausgeplant war, vermittelt durch Lucky Luciano, der in New York im Gefängnis saß und vom Geheimdienst der US-Marine speziell zu dem Zweck befreit wurde, um das Stillhalten seiner Landsleute, der *paisà*, gegenüber den amerikanischen Soldaten auszuhandeln. Über die Mafia sind viele Lügen erzählt worden, denn keiner kennt die ganze Wahrheit. Darum wird auch manches von dem, was ich hier berichte, unverbürgt bleiben müssen, vielleicht sogar Widerspruch finden. Aber ohne Widersprüche ist auch Authentizität nicht möglich.

Neben dem Thema der Henkersmahlzeit konzentriere ich mich in meiner Arbeit als Privatgelehrter auf Forschungen zum organisierten Verbrechen. Besonders aufschlussreich und anregend war das Studium der Publikationen des palermitanischen Psychiaters Prof. Dr. Girolamo Lo Verso: *La mafia dentro: psicologia e psicopatologia di un fondamentalismo* (2001) sowie *La psiche mafiosa. Storie di casi clinici e collaboratori di giustizia* (2002) und *La mafia in psicoterapia* (2013).

Bei der Lektüre dieser Werke gewann ich Einblicke in verschiedene Geschehensabläufe, die sich den Kenntnissen der offiziellen Gerichtsbarkeit entziehen. Prof. Lo Verso, der Frauen und Kinder von Mafiosi therapiert und *pentiti*, wie man reuige Aussteiger nennt, unter seinen Patienten hat, glaubt an die Theorie der frühkindlichen Prägung und Konditionierung, und meint, die Seele eines Mafioso funktioniere wie die eines Fundamentalisten: „Er ist kein Individuum, sondern Teil einer Armee." Ab der Pubertät werde der zukünftige Killer getestet: Er darf keinen Umgang mit Homosexuellen, Kommunisten und Polizisten haben, er soll Mitschüler schlagen, bei Morden zuschauen. Er lernt, zuerst einen Ladendiebstahl zu begehen, ein Moped anzuzünden, auf einen Hund, dann auf Leichen zu schießen. Er werde zur Belohnung zu

Tötungsaktionen mitgenommen und habe eines Tages keine Schuldgefühle mehr. Das Töten werde für ihn zur „bürokratischen Routine", ganz ohne Albträume und frei von Emotionen: „Der Feind hat kein Gesicht, er wird zerquetscht wie ein Insekt. Und Mafiosi haben ein unterentwickeltes Sexualleben. Die meisten leiden unter einer Eiaculatio praecox. Ehefrauen sind Mütter und Komplizinnen. Potent ist der Mafioso nur mit der Pistole. Kommandieren ist besser als Ficken", sagt Prof. Lo Verso. Vielleicht ist das aber nur Wunschdenken, das den Killer wenigstens im Bett einen Versager sein lässt.

Lo Versos Theorie, ein Mafioso könne nicht lieben, weil er kein Ich habe, ist fragwürdig. Er hat sehr wohl ein Ich, das er über Macht und Abhängigkeit definiert. Seine Ich-Schwäche ist die Ich-Schwäche einer dependenten Persönlichkeit. Ich vertrete die These, alle Mafiosi spotten in ihrer Vielfalt jedweder vereinheitlichenden Theorie. Jeder hat seine eigene Handschrift. Heute operiert die Ehrenwerte Gesellschaft nämlich geräuschlos, frei nach der sizilianischen Redensart: *Il rumore non fa bene, il bene non fa rumore.* Sie tötet so wenig wie möglich, will unter keinen Umständen auch nur irgendwie auffallen, sondern arbeitet lieber mit Abhängigkeiten, die mit einem kleinen, scheinbar belanglosen Gefallen beginnen, der irgendwann einmal eine Gegenleistung einfordert. Deshalb neige ich eher den Thesen eines anderen akademischen Lagers zu: Prof. Gianluigi Ceneri von der Università degli Studi Magna Graecia di Catanzaro hat in mehreren Doppelblindstudien nachgewiesen, dass Angehörige der Mafia an einer dependenten Persönlichkeitsstörung leiden.

Diese ist gekennzeichnet durch überstarke Trennungsängste, klammerndes Verhalten, geringes Selbstbewusstsein und depressive Grundstimmung. Gegenüber vermeintlich Höherstehenden können sich Abhängigkeitsgestörte nicht durchsetzen, weswegen sie unterwürfig und anhänglich sind. Solche Menschen kopieren meistens den Willen anderer. Ursächlich ist laut Professor Ceneri häufig ein Schock im Kindesalter, in dem sich das Kind einer Situation anpassen musste, der es kognitiv nicht gewachsen war. Oft ist es eine Form anhaltender Demütigung. Solchen Menschen ist es letztlich egal, wer ihr *capo* ist, solange er Dominanz und Sicherheit garantiert, die durch die Einbindung in eine hierarchische Struktur gewährleistet werden. Eine eigene Meinung hat hier keinen Platz.

In der Ehrenwerten Gesellschaft löst man Probleme gern innerhalb der Familie, unter Freunden oder Experten, auf jeden Fall aber jenseits der unpersönlichen, viel zu langsam arbeitenden und überdies sachunkundigen Behörden, da es für illegale Probleme keine legalen Lösungen geben kann. Hier bewährt sich das dyadische System. Ein Mafia-Sprichwort sagt: Die Bank der Gefälligkeiten zahlt die höchsten Zinsen. Ihre Mitglieder sind so gnadenlos wie jeder andere Banker auf dem globalen Parkett. Sie achten auf beste Reputation, Manieren und charismatisches Auftreten. Schließlich sind sie international versierte, mehrsprachige Absolventen der besten Universitäten und haben zum Beispiel an der London School of Economics ihren Feinschliff erhalten: Manager, Anwälte, Steuerberater, IT-Spezialisten: *I silenziosi*. Sie agieren öfter mit Laptop und Smartphone als mit der Pistole, die sie nur noch zum gelegentlichen Herzeigen haben. Sie würden sich niemals mit einer Waffe im Hosenbund erwischen oder gar festnehmen lassen. Außerdem arbeiten sie ausschließlich auf Provisionsbasis, denn einer, der zahlt, ist besser als einer, der tot ist. Sie haben einen langen Atem und sind überall dort zu finden, wo das große stille Geld in seinem geräuschlosen Fluss ist. Sie vermeiden schriftliche

Aufzeichnungen. Das Ehrenwort zählt mehr als jeder Vertrag, gemäß der sizilianischen Redensart: „Das Schwein muss man am Schwanz packen, den Mann bei seinem Wort."

Aus dem Sammelordner

Mahl und Trunk gehören zur gelingenden Hinrichtung. Das Geschick des Scharfrichters ist ebenso Bestandteil dieser Dramaturgie wie die letzten Worte des Geistlichen, die dem Delinquenten den Weg in die Ewigkeit erleichtern sollen.

Der schöne Antonio

Weil aller Anfang süß ist wie das Lied von den zwei kleinen Italienern, beginnt die Geschichte in den 1950er-Jahren in Bad Thulsern, einem Allgäuer Städtchen, idyllisch eingebettet im magischen Dreieck zwischen Kempten, Lindau und Füssen, und zwar in der dortigen Bäckerei Schaumlöffl. Was erzählt wird, geschah in jenen fernen Tagen, als der Geist Adenauers über das Land wachte und das Böse verlässlich aus dem Osten kam. Das Gute dagegen kam entweder aus Amerika oder aus dem Süden. Man erkannte es an den Liedern. Sie erzählten von einem Frühlingstag im sonnigen Sorrent und von den Caprifischern. Damals war der Zebrastreifen noch nicht obligatorisch, und was ein Mensch zählte, wurde nicht allein von seinem Konto bestimmt. Jedenfalls war seinerzeit die Kirche noch im Dorf, und was bald darauf als Wirtschaftswunder bezeichnet werden sollte, war den meisten

Menschen ein ferner Traum am Nachkriegshorizont. Dennoch war allerorts schon so etwas wie die Luft besserer Zeiten zu spüren, denn der Krieg war vorbei, und man fing an, sich wieder etwas zu gönnen. Man entdeckte die kleinen Freuden des Alltags.

Ungelogen: Sie hieß wirklich Schaumlöffl, Maria Magdalena Schaumlöffl, und sie war das einzige Kind des Zuckerbäckers August Schaumlöffl und seiner Ehefrau Martha. Wer damit angefangen hat, das Fräulein Schaumlöffl mit Madame anzusprechen, ist heute nicht mehr mit hundertprozentiger Sicherheit zu eruieren. Fest steht jedenfalls, dass sich diese Form der Anrede „Madame" rasch etablierte und, wie übereinstimmend befunden wurde, der Respekt gebietenden Erscheinung der tüchtigen Geschäftsfrau sogar durchaus angemessen war.

Madame Schaumlöffl, eine glänzend im Strumpf stehende Mittdreißigerin, die wie eine resche Mittzwanzigerin aussah, war durch Schleckereien reich geworden. Sie hatte bei ihrem Vater, einem weithin angesehenen Zuckerbäcker, das Handwerk gründlich gelernt und eines Tages, als der Alte begann, die Zutaten zu verwechseln, das elterliche Geschäft übernommen und zu dem gemacht, was es heute in der Welt der Feinschmecker ist: ein Begriff. Wo immer

Madame Schaumlöffl aufkreuzte, tuschelte man nicht nur über ihr fabelhaftes Aussehen, denn sie war so gesund und rotbackig, sondern auch über den Umstand, dass Madame Schaumlöffl nie geheiratet hat, also eigentlich eine Mademoiselle Schaumlöffl war.

Bis sie eines Tages dem schönen Antonio Sidara begegnete, einem Reisenden in Sachen Damenunterwäsche. Er hatte sich ein Sprichwort aus seiner Heimat zu Herzen genommen, das da sagt: *Cu nesci, arrinesci.* „Wer weggeht, hat Erfolg." Dieser Bonvivant aus Kalabrien führte nur feinste, hauchdünne Modelle in seinem Musterkoffer mit sich, eines sündhafter, ja verruchter als das andere, und samt und sonders Mailänder Marken, die nicht nur für Qualität, sondern auch für hohe Preise bürgten.

Wie der Kalabrese es angestellt hat, dass ihn Madame Schaumlöffl bei sich zu Hause empfing, ist nicht bekannt geworden. Auffällig war nur, dass er bereits nach dem zweiten Besuch bei ihr übernachtete. Im Gästezimmer, wie sie ausdrücklich gegenüber ihren Freundinnen betonte.

Antonio Sidara war freilich ein Hallodri. Das sah man ihm auf Anhieb an: souveränes Auftreten, geschmeidige Bewegungen, glutvolle Augen, Brillantine im Haar, ein gepflegtes Menjou-Bärtchen, elegantes

Äußeres und ein schmachtender Blick, mit dem er offenbar jede Frau für sich und sein ebenso kostspieliges wie frivoles Angebot einnehmen konnte. Er sprach Deutsch mit einem gepflegten italienischen Akzent, was für sein Geschäft zweifellos einträglicher war als lupenreines Hochdeutsch. Dabei setzte er vor allem seine in der Luft kurvige Gestalten formenden Hände ein, gestikulierte, fuchtelte, deutete, schmeichelte, speichelte, streichelte, ließ seine gepflegten Finger wie ein Paganini spielen, wedelte und tätschelte, als gelte es, dem Teufel eine Seele zu gewinnen.

Was er Madame Schaumlöffl alles aufgeschwatzt und angedreht hat, konnte man nur ahnen, wenn gelegentlich – wie aus purem Zufall – irgendwo eine zarte Spitze hervorlugte. Hin und wieder glaubte man auch, ein geheimnisvolles seidenes Knistern zu vernehmen, wenn Madame sich bückte oder auf eine Staffelei stieg, um aus den oberen Regalen etwas herunterzuholen. Sobald man jedoch dieses Raschelns gewahr wurde, dachte man unwillkürlich an Antonio Sidara, und man hatte das Bedürfnis, umgehend die Beichte abzulegen.

Der Kalabrese war nämlich, nicht wie sonst üblich, nach wenigen Tagen des Aufenthaltes im Allgäu weitergezogen, sondern er war geblieben. Und zwar im Hause der Madame Schaumlöffl, und es hatte nicht lange gedauert, bis er bei den Honoratioren am Stammtisch einen festen Platz erobert hatte und naturgemäß das große Wort führte. Dabei ging es – außer in einigen versauten Herrenwitzen zu vorgerückter Stunde – nicht mehr um Damenunterwäsche, sondern um Grundstücke, und es sollte sich herausstellen, dass besagter Sidara auch dafür einen Riecher hatte. Zunächst vermittelte er Wohnungen zu Freundschaftspreisen: unter der Hand, versteht sich. Kein halbes Jahr später hatte er bereits ein kleines Büro, schaffte sich eine energische Sekretärin an, die das Telefon bediente, und betrieb einen schwunghaften Handel mit einer neuen Mode, die sich Ferienwohnungen nannte, zu der auch Urlaub auf dem Bauernhof kam. Längst hatte Sidara einen Sitz im Stadtrat und saß, wie praktisch, dem Bauausschuss vor. Als der Vorsitzende des Skiklubs von einem Herzinfarkt gefällt wurde, rückte der selbstlose Italiener nach und sorgte dafür, dass sich nicht nur neue Skilifte in die Steilhänge fraßen, sondern auch namhafte Wettkämpfe ins Allgäu kamen, die via Radio in alle Welt übertragen wurden. Kurz: Die Bäume des Antonio Sidara schienen in den Himmel zu wachsen, und Madame Schaumlöffl, die auch nach der pompösen Hochzeit mit weißer Kutsche, Schimmeln und einer beinahe kirchturmhohen

Torte weiterhin ihre Zuckerbäckerei betrieb, zu der sich mittlerweile zahlreiche Filialen gesellt hatten, wurde immer runder, rotbackiger und stolzer.

Was einzig fehlte war ein *bambino*, ein Stammhalter, obwohl der Italiener hundertfach versprochen hatte, seiner Angebeteten zu zeigen, wie man Tango im Liegen tanzt. Ein Knäblein sollte es werden, das einmal die Geschäfte übernehmen würde, wofür sich seine Erzeuger krummgelegt hatten. Doch ein solcher Kronprinz wollte und wollte sich, *porca miseria*, nicht einstellen.

Angesichts dieses einzigen Wermutstropfens im Goldpokal des Schaumlöffl-Sidara-Kartells meldete sich, zuerst ganz zart, so etwas wie Trübsal im Gemüt der Rotwangigen. Die Trübsal nahm, wie Madame, zu, denn Madame begann, auf Rat der Frauenärztin, Pillen zu schlucken. Doch alles, was beruhigt, macht dick, hatte die Frau Doktor dunkel, aber wahrheitsgetreu geraunt, und so geriet Madame Schaumlöffl allmählich zur Madame Dampfnudel. Die fachärztliche Vermutung, dass die Kinderlosigkeit nicht etwa ihrer weiblichen Infertilität geschuldet war, sondern am kalten Samen von Signore Sidara liegen könnte, erschütterte die geschäftlich erfolgreiche Zuckerbäckerin zutiefst. Ihr ganz mit seinen diversen Posten, Pöstchen und Geschaftlhubereien, sehr diskret freilich auch mit seiner neuen Sekretärin beschäftigte Tausendsassa hielt das für eine glatte Fehldiagnose. Trotzig begann er, sich zum Gegenbeweis hormonell auszutoben, so dass ihm bald der Spitzname „Häuptling Offene Hose" vorauseilte. Weibliches Personal wollte nicht länger mit ihm allein sein. Dafür stieg sein Ansehen an den Stammtischen, und es wirkte sich auf die Inhalte sowie die sprachliche Ausgestaltung besagter Witzchen aus.

Auf dem Höhepunkt seiner wirtschaftlichen und politischen Karriere ereilte Antonio Sidara ein schwerer Schicksalsschlag in Gestalt einer frühreifen Fünfzehnjährigen, deren geradezu sensationell zu nennende körperliche Entwicklung zahlreiche Herren der Gemeinde wohlwollend und aufmerksam beobachtet und wortreich mit einschlägiger Terminologie kommentiert hatten. Das überwiegend kurzberockte Wesen mit unendlich langem, edel geformtem Fahrgestell und beträchtlich ausgefüllten Pullovern war als Lehrmädel in der Zuckerbäckerei von Madame Schaumlöffl angestellt.

Wer hier wen wozu verführt haben mag, bleibe dahingestellt. Jedenfalls stellte die Frauenärztin von Madame Schaumlöffl, die sich von Anfang an aus einem angeborenen mütterlichen Instinkt heraus des naiven Vögelchens angenommen hatte, nach einer kurzen Untersuchung routiniert und zweifelsfrei fest, dass Nachwuchs in Sicht und das junge Ding in der Hoffnung war.

Sidara, der unter Heulen und Haareraufen ein melodramatisches häusliches Geständnis ablegte und dabei den Verführten, ja den Hereingelegten mimte, schlug seiner Holden vor, das Lehrmädel zu adoptieren, doch Madame Schaumlöffl lehnte es ab, auf einen Schlag Mutter und Großmutter zugleich zu werden, denn immerhin würde Sidara dann seine (adoptierte) Tochter geschwängert haben.

Im Allgäu bleibt ein Geheimnis nicht lange geheim. Als die Sache ruchbar wurde und gerichtliche Briefe ins Haus flatterten, legte der Stadtrat dem Vorsitzenden des Bauausschusses nahe, von seinem Amt zurückzutreten. Überhaupt wurde das Wort „Rücktritt" der wichtigste Begriff in der einstmals so steil bergauf führenden Karriere des Antonio Sidara. Es ging nämlich von jetzt auf gleich bergab. Und zwar rasant. Binnen Jahresfrist kam es nicht nur zu einer Taufe, sondern auch zu einem Gerichtsverfahren, dem ein Scheidungsprozess folgte.

Madame Schaumlöffl nahm die junge Mutter und deren Leibesfrucht, einen prachtvollen glutäugigen Jungen mit südländischem Einschlag, unter ihre großmütterlichen Fittiche. Wie ein Lämmchen sah der Kleine aus, weswegen er auf Rat der Madame Schaumlöffl auf den schönen Namen Aniello getauft wurde. Madame fühlte sich endlich am Ziel ihrer fraulichen Wünsche, denn sie hatte nun gewissermaßen Kind und Kindeskind, die Nachfolge der Zuckerbäckerei war gesichert, das vormals naive Vögelchen entwickelte sich zu einer tüchtigen Geschäftsfrau, blieb solide und schickte seinen Sprössling mit Omas finanzkräftiger Unterstützung bald zu seinen Verwandten nach Campodivespe im fernen Kalabrien.

Sidara wurde verurteilt, nahm das Urteil unter Zähneknirschen an, verzichtete auf Revision, erhielt jedoch nie Besuch im Gefängnis, wo er sich bald die einflussreiche Position eines Kalfaktors erquasselt hatte. Nachdem er seine Strafe abgesessen hatte, verließ er um etliche Jahre und Erfahrungen reicher den Knast just mit jenem Musterkoffer in der Hand, mit dem er einst eingezogen war. Man hat lange nichts mehr von dem Mann mit der flinken Zunge gehört, denn die Zeit der Hausierer in Sachen Damenunterwäsche war definitiv abgelaufen. Er musste sich etwas Neues einfallen lassen, was bei seinen vielfältigen Talenten kein ernstes Problem war. Schon hatte er etwas mit Gastronomie im Auge: Eine Gelateria oder eine kleine Pizzeria, wie sie gerade in Mode kamen. Die Kontakte, die er während der letzten Jahre hinter Gittern knüpfen konnte, erwiesen sich als tragfähig. Man musste im Leben nur die richtigen Räder ölen und die alte Apothekerregel anwenden: Schmieren und salben hilft allenthalben.

Er musste jetzt nur noch seinen Sohn aus Campodivespe zurückrufen, damit dieser bald das neue Geschäft übernehmen konnte.

So fing es an.

Aus dem Sammelordner

In Band I seiner Schrift Theatrum poenarum oder Schauplatz derer Leibes- und Lebens-Straffen *aus dem Jahre 1693 führt ein gewisser Jacob Döpler an, dass es in Ägypten als Bestätigung des Todesurteils galt, wenn der König dem armen Sünder Leckerbissen und Speisen von seiner Tafel sandte. Aus China berichtet Döpler: „Ehe die Richter zur Exekution der Strafe schreiten, erwägen sie das gefellete Urtheil zum dritten mahl: Unterdessen wird dem Gefangenen, so auf Aschenhaufen niedergesetzt, Essen und Trinken gegeben. Da nun keine Entschuldigung des Todes befunden, wird mit Glocken geläutet, das Geschütz abgeschossen und der Übelthäter zum Tode geführet.“*

Campodivespe

Gleich nach Abschluss meines Studiums Ende der 6oer-Jahre unternahm ich eine Reise in den Süden Italiens und kam auf meinen Wanderungen an der Fußspitze des Stiefels eines Tages in ein Städtchen namens Campodivespe. Zwar habe ich diesen kleinen Ort, der damals nicht mehr als fünfhundert Einwohner gezählt haben mag, nur ein einziges Mal besucht, bin aber später im Leben in Gedanken noch oft an ihn zurückgekehrt.

Campodivespe liegt knapp fünfzig Kilometer nordöstlich von Reggio Calabria an der Nordseite des Aspromonte im Tal des Flusses Torbolo. Die Nachbargemeinden tragen so schöne Namen wie Bagnara Calabra, San Procopio, Sant'Eufemia d'Aspromonte und Seminara.

Die ausgeblutete Gegend ist von großer Armut gezeichnet, und man darf dort außer einer Burg und einem interessant gearbeiteten Taufbecken in der Pfarrkirche keine größeren sehenswerten Kulturdenkmäler oder touristische Attraktionen erwarten. Die vielfachen Entbehrungen und das karge Leben haben die Gesichter der Menschen geprägt, die wie aus grobem Stein gehauen erscheinen und einem eine Ahnung davon geben, wie unsere Vorfahren in grauer Vorzeit ausgesehen haben mögen. So arm diese Menschen aber auch sein mögen, so sehr haben sie eine fast kindlich anmutende, mit anrührendem Pathos unterlegte Achtung vor allem, was mit Kultur, Kunst und Poesie zu tun hat. Und wenn sie darüber wie von etwas Fremdem, ja Unerreichbarem sehnsuchtsvoll sprechen, so eignet ihren Worten bisweilen eine eigenartig getragene Überhöhung, die einem kühlen Nordeuropäer gänzlich fremd erscheint.

Da ich mich von den Strapazen der Wanderung ein wenig erholen wollte, beschloss ich, in Campodivespe Quartier zu nehmen und mietete mich in einem Albergo ein, zu dem im Erdgeschoss auch eine Trattoria namens Pastello gehörte. Kaum hatte ich mein Zimmer bezogen und im Haus meine Mahlzeiten eingenommen, wurde ich von der Wirtin, einer Witwe namens Lucrezia Bordoni, wie ein Familienmitglied umsorgt. Schließlich komme nicht jeden

Tag ein Ausländer nach Campodivespe. Ich wurde ebenso geschickt wie ausgiebig über mein Woher und Wohin ausgefragt und stand angesichts der herzlichen Gastfreundschaft gern Rede und Antwort. Zugleich fand ich heraus, dass in Campodivespe fast alle entweder Bordoni oder Sidara hießen. Der Postbote war nicht zu beneiden.

Ein Wort gab das andere, und so erfuhr ich von Signora Bordoni eines Abends eine seltsame Geschichte, die sie mir vermutlich nur deshalb erzählt hat, weil ich ihr etwas verschämt angedeutet hatte, ich sei ein junger deutscher *avvocato*, der zum ersten Mal nach Italien reise und beabsichtige, darüber zu schreiben. Wenn die Menschen dort so etwas hören, fallen sie sogleich in eine Art Staunen, das getragen ist von der Hoffnung, in dem Buch vorzukommen und dadurch auf geheimnisvolle Weise, wie mit dem Zauberstab im Märchen, von ihrem Elend erlöst zu werden. Und zu diesem Fest, so malen sie sich dann in ausufernden Phantasien gestenreich vor, sängen die Zikaden, und die Eidechsen huschten im Reigen über die heißen Steine.

Ich sei übrigens beileibe nicht der erste Dottore, der sich auf seltsame Weise von Campodivespe inspiriert fühle, denn diese Mauern übten offenbar besonders auf Poeten eine rätselhafte Anziehung aus. Sätze voller Schönheit und Schwermut legten ein beredtes Zeugnis davon ab. Woran das liege, habe sie, ihres Zeichens Lehrerin, Posthalterin und Pensionswirtin, zwar noch nicht herausgefunden, doch sei sie der Sache dicht auf den Fersen und der Lösung des Rätsels nah wie nie zuvor.

Also sprach die Witwe Bordoni, die schon frühmorgens im Nachthemd aus weißem Bauernleinen am Küchentisch saß und las, vormittags die Kinder in der Schule unterrichtete, wegen ihres Fernwehs am liebsten in Geographie, nachmittags das Postamt bediente, abends aber in ihrer bescheidenen Trattoria ihre Gäste umgarnte, aushorchte, mit der Geschwindigkeit eines Lastkahns bediente, einheimische Speisen auftischte und diese mit kreuzqueren Geschichten aus Campodivespe würzte.

Der Wind pfiff um das Haus, es prasselte von den Dächern, irgendwo schlug aufdringlich ein loser Fensterladen, und der dichte graue kalabresische Landregen wollte nicht aufhören, unentwegt gegen die Scheiben zu rauschen. Ich fror. Die Witwe Bordoni legte Holz im Kamin nach und begann mit ihrer Geschichte von Doktor Cataldo Sidara, dem einstmals einzigen Arzt in Campodivespe, der die

Armen unentgeltlich behandelte und eigentlich ein weltberühmter Poet habe werden wollen. Aber kein Verlag habe seine Gedichte veröffentlicht. Bis nach Milano hinauf sei er gereist, doch immer habe man ihn abgewiesen oder vertröstet. Sämtliche namhaften Verlage Italiens habe er, Cataldo Sidara, wie ein armseliger Hausierer abgeklappert, doch er sei regelmäßig nicht einmal an der Loge des Pförtners vorbeigekommen. Immer wieder habe man ihn einfach stehen lassen. Kein Mensch könne ermessen, was es für ein Leben sei, ständig auf solche Weise gedemütigt zu werden, denn nichts anderes als eine Demütigung sei es ja, wenn man immer wieder stehen gelassen werde. Und so sei er, einem verarmten und heruntergekommenen Wanderzirkus gleich, eine Zeitlang von Verlag zu Verlag, von Stadt zu Stadt gezogen. Stets mit dem gleichen Resultat. Er kenne sie auswendig, diese dummen und erniedrigenden Sprüche: Der Dottore habe keine Zeit, der Dottore sei verreist, er solle sich schriftlich an den Dottore wenden …

Unverrichteter Dinge sei er wieder nach Campodivespe zurückgekehrt und habe sich dem Gespött der Leute aussetzen müssen. Dabei habe er doch seinen Namen neben dem Dantes in Marmor gemeißelt lesen wollen. Es sei ihm oft wie ein Wunder vorgekommen, dass er, der verkannte Doktor und Poet Cataldo Sidara, überhaupt sein Studium trotz zahlloser Krisen, einer unseligen Liebschaft und tiefer persönlicher Demütigungen und Niederlagen erfolgreich abgeschlossen habe.

Immer wieder einmal habe er in seiner bettelarmen Heimat aus Mitleid für eine kurze Zeitspanne die ärztliche Kunst praktiziert, zumeist mit mäßigem Erfolg und gegen schäbiges Honorar, seine eigentliche, seine höhere Bestimmung, ja Berufung aber unerschütterlich in der Poesie gesehen. In deren Dienst habe er seine ganze Kraft gestellt, an sie habe er geglaubt , aus ihr habe er Halt und Hoffnung bezogen, sie habe ihm den Weg durch sein Leben gewiesen, das einem teuflischen Labyrinth geglichen habe. Zweimal habe er, Cataldo Sidara, Doktor der Medizin, dessen Gedichte ein einziger Hymnus an die Liebe gewesen seien, geliebt. Zweimal vergeblich. Sowohl die Liebe zu einer Literaturstudentin, maßgeblich ausgelebt in einer berauschenden Brieffreundschaft, als auch seine späte Liebe zu einer Krankenschwester seien auf die erbärmlichste und niederträchtigste Weise gescheitert.

Verlässliche Konstanten in seinem Unglück seien einzig verschiedentlich mal kürzere, mal längere Auf-

enthalte in psychiatrischen Kliniken sowie die unge-
zählten vergeblichen Versuche gewesen, als Dichter
anerkannt zu werden.

Was ihm geblieben sei? Richtig: Der vollständige
Rückzug. Aus allem. Von jedem. Das Reduit des
Elternhauses in Campodivespe, am Fuße einer mehr
und mehr verfallenden Burgruine, welch ein Sym-
bol für sein eigenes trostloses Dasein, reduziert auf
den täglichen Umgang mit Kaffee, Zigaretten und
Schlafmitteln.

So wie er zweimal in seinem Leben voll Inbrunst
geliebt habe, den Himmeln, Winden, Meeren habe
er Liebesbriefe geschickt, die seiner Einsamkeit vor-
ausgeeilt seien, so habe er zweimal versucht, seiner
nichtswürdigen Existenz ein Ende zu setzen. Doch
selbst dabei habe er sich als Versager erwiesen, ein
inetto, ein Untauglicher, ein Nichtswürdiger, eine
Niete, eine Null.

Zuletzt habe er, gänzlich vereinsamt, auf seinem
Nachttischchen einen Brief hinterlegt, bestehend lediglich aus einem einzigen Satz: *Vi prego di non seppellirmi
vivo.* „Ich bitte euch, mich nicht lebendig zu begraben."

Schließlich bekräftigte die Witwe Bordoni nach
einer Pause: „Cataldo Sidara hat sich sein Lebtag nie
als Arzt, sondern immer als Patient verstanden."

Das schien mir ein Schlüsselsatz für die Geschichte und Identität Italiens zu sein. Er hatte eine Traurigkeit wie Fellinis *La Strada*.

Kaum hatte die Witwe Bordoni ihre Erzählung beendet, stellte sie eine Flasche Grappa und zwei Gläser auf den Tisch. Erst nach einer Weile feierlichen Schweigens fand die Wirtin wieder zu ihrer Sprache und meinte nebenbei, es handle sich hier zwar nur um den Schnaps kleiner Leute, doch sei das Geheimnis seiner Herstellung, das auf die Kreuzritter zurückgehe, längst nicht so alt wie Armut und Elend jener, die er tröste. Schließlich fügte sie ein wenig kleinlaut mit verlegenem Gesichtsausdruck hinzu, man hätte die Geschichte natürlich noch besser erzählen können.

Mutig von den ersten Schlucken des Tresterbrandes, der in mich eingedrungen war wie Feuer, erhob ich mich und zitierte, so gut ich eben konnte, Joseph Conrad, der einmal gesagt haben soll, alles, was man tue, könne besser getan werden. Aber das sei ein Gedanke, den jemand, der etwas tue, entschlossen beiseitelegen müsse, wenn er nicht wolle, dass seine Idee für immer ein Wunschbild bleiben solle, ein flüchtiges Traumgebilde. Wie damals „mein Italien".

Aus dem Sammelordner

Der Talmud erzählt, dass dem Delinquenten ein Trank mit betäubenden Ingredienzien gereicht wurde, um ihm Schrecken und Agonie zu ersparen. Wenn die Verwandten keine Gelegenheit hatten, ihm diese Barmherzigkeit zu erweisen, so tat es der Henker.

Casa Nuvole

Italien blieb ich nicht nur aufgrund meiner Ehe mit einer Italienerin eng verbunden. So hatte ich nicht zufällig meine juristische Habilitationsschrift über *Das Notariatswesen im Königreich Italien 1861–1946* verfasst. Für die damit verbundenen Archiv- und Forschungsarbeiten wurde ich freigestellt und mit einem begehrten Stipendium in Rom bedacht. Den geistigen Rucksack voller klassischer Italienreisender und sämtliche Klischees von Bella Italia im Herzen betrat ich im Januar 1986 ebenso stolz wie voller Vorfreude als Stipendiat, sprich: Studiengast, die ehrwürdige Accademia Tedesca Casa Nuvole in Rom, von der ich bisher nur wusste, dass Kinder mitzubringen den Studiengästen verboten war. Aber ich hatte keine Kinder.

Studiengast wurde ich, indem ich mich einem Ritual unterwarf, das dem der Mafia nicht unähnlich ist. Die Habilitation, sagte mein Professor damals, sei ein Initiationsritus: Nerven statt Vorhaut. Ich spreche von der Kultur- und Wissenschaftsmafia. Du musst gewisse Leute kennen, die dich gewissen Leuten vorstellen, von denen es heißt, sie hätten etwas zu sagen, auch wenn man offiziell von einer angeblich unabhängigen Jury seines jeweiligen Bundeslandes ausgewählt wird. Aber das ist nur die Fassade. In Wirklichkeit ist hier ein perfides System am Werk. Die Beamten in den Ministerien haben naturgemäß keine Ahnung, weswegen sie ihr Votum auf die Empfehlung sogenannter Spezialisten stützen. Diese sitzen in den Schaltzentralen der wissenschaftlichen Gesellschaften und verteilen die Platzkarten. Am Ende der Kette stehen, wie bei der Cosa Nostra, die einfachen Soldaten, hier: Meinungssoldaten. In Deutschland gibt es drei bis fünf Paten, die den Wissenschaftsbetrieb bestimmen und beherrschen wie die großen Mafiafamilien in New York den Drogenmarkt. Sie bestimmen, was „Wissenschaft" und wer „Wissenschaftler" ist und wer nicht, wer in den exquisiten Wissenschaftsjournalen publizieren darf und wer nicht, in summa: wer den Club betreten darf und wer draußen bleiben muss. Es gibt die Hamburger, die Berliner, die Frankfurter, die Leipziger und die Münchner Mafia. Namen zu nennen verbietet das Gesetz der *Omertà*. Man küsst ihnen die Hände und erbittet ihren

Schutz. Man stellt sich gut mit ihren Untergebenen, den Favoritinnen und Favoriten, den Vorzimmerdamen, Agenten, Zuträgern und Möchtegernmäzenen. Gerade die Zuträger, die sich Lobbyisten nennen, sind wichtig, denn die Branche lebt vom Klatsch. Immer geht es darum, dass einer einen kennt, der einen kennt, der einen kennt, der schließlich den Paten kennt. So werden in diesem Intrigantenstadel Lehrstühle verteilt, Preise, Stipendien, Ehrendoktorate und im Alter dann die Orden. Man ahnt nicht, wie geil die Damen und Herren der hohen Wissenschaften auf Orden sind. Dann buckeln sie vor jedem debilen Ministerialen und kommen sich wichtig vor. Ich habe Kollegen erlebt, die ihre Orden sogar bei Vorlesungen tragen.

Meine Erfahrungen als Bewohner der Villa legte ich in einem Bericht nieder. Ich gab ihm die Überschrift *Das Herrenhaus und die Neurotiker*. Das Papier sorgte für ein wenig Wirbel. Hätte es nicht ebenfalls mit der Palmengrenze zu tun, würde es hier nicht erwähnt werden, denn schließlich prägten die Monate in Rom mein Bild vom Verhalten meiner deutschen akademischen Landsleute in Bella Italia. Darüber hinaus entwickelten sie mein Verständnis für das, womit man das semantische Feld von „Mafia" über die *Italianità* hinaus erweitern konnte.

Mein Bericht begann wie folgt: „Schon drei Jahre vor meinem Aufenthalt hatte im Herbst 1983 ein Frankfurter Professor während eines Zeitraumes von mehr als vier Monaten Gelegenheit, die Situation an der nicht ganz unumstrittenen Deutschen Akademie Casa Nuvole, Largo di Casa Nuvole 1-2, in Rom zu studieren. Daraufhin verfasste der Beamte einen dreiseitigen Bericht, gab ihm in bestem Stasi-Stil durch die Verwendung von Briefpapier mit Universitätskopf einen amtlichen Charakter und schickte ihn an den zuständigen Ministerialrat im Bundeswissenschaftsministerium. Er nannte seinen Rapport einen Stimmungsbericht aus sozusagen neutraler Feder und verband mit ihm einige Hoffnungen. Aber ganz so neutral, wie sich der Professor dies dachte, verhielt sich die Feder dann doch nicht. Vielleicht wollte der Professor es sich nicht mit der Casa Nuvole verderben, vielleicht wollte er wiederkommen dürfen. Wo sonst konnte man in Rom für zwanzig Mark eine komplett eingerichtete Wohnung beziehen, die einmal pro Woche ohne Aufpreis gereinigt wird?

Verständlich, wenn der deutsche Professor seiner Begeisterung Luft machte und schrieb: Wer als Wissenschaftler, zumal der geistes- und rechtswissenschaftlichen Richtung, in die Casa Nuvole gerät, wird zunächst blass vor Neid. Nirgends auf der Welt gibt es für unsereinen einen derart herrlichen Raum der Abgeschiedenheit zum Arbeiten, zum Gespräch, zum peripatetischen Flanieren. Freilich ist die Casa Nuvole kein Grand Hotel für deutsche Professoren. Die Casa Nuvole in Rom ist weder Akademie im Sinne einer Ausbildungsstätte, noch will sie deutsche Wissenschaft im Ausland präsentieren oder Wissenschaftspolitik im Ausland betreiben. Die Casa Nuvole bietet angehenden Wissenschaftlerinnen und Wissenschaftlern für die Dauer von sechs, neun oder zwölf Monaten Wohn- und Arbeitsmöglichkeiten. In der Sprache jenes Ministerialrates, an den sich der berichterstattende Professor wandte, heißt dies: Die deutsche Akademie Casa Nuvole in Rom ist eine unselbstständige Anstalt im Geschäftsbereich des Bundesministeriums für Wissenschaft und Forschung, Kunst, Kultur, Bildung und was sonst noch als dem für die wissenschaftlichen Angelegenheiten des Bundes zuständigen Ressort. Das Stipendium belief sich 1986 für einen bayerischen Wissenschaftler auf monatlich 1.500 Mark (Kollegen aus anderen Bundesländern bekamen mehr) und umfasste freie Unterkunft in renovierungsbedürftig eingerichteten Studios einer Reihenhaussiedlung.

Den Studiengästen, die früher Stipendiaten hießen, standen neben der Unterkunft eine mäßig sortierte Bibliothek, ein Leseraum, ein Photolabor, ein Tonstudio und ein Photokopierapparat zur Verfügung. Eine Tischtennisplatte im Keller sowie eine Bocciabahn mit Parkbank förderten die Gemeinschaft. Obgleich nicht für einen Professor im Forschungssemester gedacht, sondern für junge Gelehrte, fühlte sich der Forscher doch wohl und hieß in seinem Stimmungsbericht die Arbeitsbedingungen schlicht ideal. Gelobt wurden das schöne Ambiente sowie die noblen Ateliers, beklagt wurde dagegen die Stimmung der Habilitanden – also der Insassen der unselbstständigen Anstalt.

Warum fühlte sich der Professor wohl, warum nicht die Jungakademiker? Der Professor wusste Antwort. Er nannte die Habilitanden eitel und monomanisch, missgünstig und gehässig gegenüber ihren Kollegen (und die Gattinnen alles noch einmal in höherer Potenz). Selbstverständlich waren Eitelkeit, Monomanie, Missgunst und Gehässigkeit Professoren völlig fremd. Selbstverständlich traf solches nur auf Habilitanden zu. Es schien nachgerade deren Privileg zu sein. Solches machte den Professor besorgt: weil es nicht mehr normal sei. Was tat er? Er schrieb und riet: Gelassenheit und Heiterkeit, das ist es, was ich allen Beteiligten immer wieder geraten habe. Gratis und unaufgefordert.

Der Herr Professor vertrat die Ansicht, der wahre Ursprung der Probleme sei in Eitelkeit, Neid und Schaffenskrise der jungen Gelehrten zu suchen: Wenn von zehn Stipendiaten zehn von der Direktorin, der Dottoressa Cotello geliebt werden wollen, ist es klar, dass einer den anderen beargwöhnt ... Der anscheinend dingfest gemachte Konflikt Wissenschaftler versus Institution verdeckt nur den wahren Konflikt, den der Forscher und deren Ehefrauen untereinander. Allerdings ist mir während meiner Stipendienzeit in der Casa Nuvole nicht ein Kollege begegnet, der von der Direktorin geliebt werden wollte. Solches Ansinnen hätte jeder wenigstens mit Gelächter von sich gewiesen. Auch wenn der Herr Professor an den Ministerialrat schrieb, jeden einzelnen Fall mühelos relativieren und entschärfen zu können. Im Zusammenhang mit „Anstalt" ist „Fall" offenbar der angebrachte Terminus.

Während meiner Zeit als Stipendiat der Deutschen Akademie Casa Nuvole streifte ich oft durch Rom. Irgendwann einmal begann ich – warum, weiß ich gar nicht mehr genau – mit der Suche nach einer Waffe der Marke *Beretta*, am liebsten vom Typ 92.

Vermutlich an einem Wochenende war mir bei meinen nächtlichen Streunereien durch die verrufenen Viertel Roms der Gedanke gekommen, dass es nicht falsch sein konnte, mich zu bewaffnen. Zwar war mir bisher nichts geschehen, doch immer wieder geriet ich in die Nähe brenzliger Situationen, wo eine Waffe zur Abschreckung nicht geschadet hätte. Zunächst machte ich mich in einschlägigen Bars am Tresen kundig, welche Pistole besonders begehrt war. Fast einhellig waren Baristas und Kellner der Meinung, eine *Beretta 92* sei das Ideal. Etwas Besseres sei kaum zu haben.

Um diese Informationen zu sammeln, vergingen etwa zwei Monate und weitere drei Monate benötigte ich, bis ich endlich einen seriösen Verkäufer unter all den Blendern, Schwätzern und Wichtigtuern fand. Es war ein undurchsichtiger Typ, angeblich aus Matera in der *Basilicata*. Wir verabredeten uns über einen Mittelsmann zunächst an der Stazione Termini, dann schickte dieser mich per Telefon weiter zu einer Kastanienverkäuferin am Garibaldi-Denkmal auf den Gianicolo, von dort ging es quer durch die Stadt ins *Quartiere Nomentano,* um mich schließlich auf dem alten Schlachthof in Testaccio persönlich zu begrüßen. Die Telefonate wurden jeweils von einem Apparat in einer Bar geführt. Mobile Telefone gab es damals noch nicht. Das machte die Sache ziemlich umständlich, denn nicht selten musste ich warten, bis ein Apparat frei war. Italiener sind Weltmeister im Telefonieren.

Ehe wir ins Geschäft kommen sollten, bestand der Mann darauf, mit mir eine Portion frisches Kalbsbries zu verzehren, schließlich seien wir auf dem Schlachthof und nirgendwo gebe es besseres Bries, fast weiß und reich an Kalorien, Vitamin C und Purin. Als er mir endlich, mehr oder weniger unter dem Tisch, die in braunes Ölpapier gewickelte Ware übergab, deren Gewicht mich verblüffte, weil ich sie mir leichter vorgestellt hatte, war es gegen Mitternacht. Wie sollte ich so ein Monstrum lässig am Hosenbund mit mir tragen? Mit unmissverständlichen Handzeichen bedeutete mir mein finsteres Gegenüber, dessen Gesicht ich ohnehin kaum erkennen konnte, dass wir uns nie begegnet seien, und ebenso plötzlich, wie es hinter mir aufgetaucht war, verschwand es auch wieder. Ich hörte nicht einmal, wie sich seine Schritte in der leeren Halle entfernten. Als ich, gedrückt in eine Ecke, die Beretta in der Hand hielt, erinnerte ich mich schlagartig, schon als Jugendlicher davon geträumt zu haben, eines Tages ein richtiger Gangster zu werden. Andere in meinem Alter wollten edel sein wie Winnetou oder kühn wie Prinz Eisenherz. Als es mit Don Camillo und Peppone vorbei war, schwärmte ich für Kinogangster wie Alain Delon und Lino Ventura. Vermutlich habe ich auch deshalb Jura studiert. Mich faszinierten klare Strukturen und Hierarchien, Taktik und politische Weitsicht, ökonomischer Verstand und Macht. Eine Waffe in der Hand zu halten, war mir wichtiger als die schönste Frau im Arm. Es ging mir nicht ums Schießen, sondern um den kühlen metallenen Griff, der mir eine gewisse Selbstständigkeit und Unabhängigkeit garantierte. Keine Angst mehr haben zu müssen, das war mir wichtig. Mich interessierte, ja faszinierte die antibürgerliche Attitüde, die Auflehnung gegenüber dem Establishment, das von sich glaubte, die Fäden in der Hand zu halten.

Mir schlug das Herz bis zum Hals, ich schwitzte, ließ besagten Gegenstand sofort in meiner Umhängetasche verschwinden, legte einen leichten Pullover obendrauf und musste alle Konzentration aufwenden, um vom nächsten Telefon aus ein Taxi zu bestellen, das mich in die Casa Nuvole zurückbringen sollte. Bis heute bezweifle ich, dass die Waffe so jungfräulich war, wie mir versichert wurde. Es dauerte eine gute Weile, bis ein Wagen kam.

Endlich in der Akademie angekommen, packte ich meinen Kauf erst gar nicht aus, sondern legte meine Tasche unter mein Kopfkissen und konnte lange nicht einschlafen. Erst als ich die frühen Müllwagen scheppern hörte, fand ich in eine Art Dämmerzustand, der mir wie eine Fieberphantasie vorkam, wie ich sie in Kindertagen öfter einmal erlitten habe.

Manchmal habe ich die *Beretta* mit mir herumgeschleppt, meistens aber hatte ich sie zu Hause versteckt, weil ich Angst davor hatte, mit ihr erwischt zu werden. Zum wirklichen Einsatz ist sie nie gekommen, abgesehen von dem Nachmittag, an dem ich sie auf einen Ausflug ins Gebirge mitgenommen hatte, um in einem Steinbruch ein paar Schießübungen zu veranstalten.

Einmal wurde ich mitten in der Nacht auf dem Nachhauseweg, als wieder einmal die Taxifahrer streikten, von drei Kerlen umstellt, die mich mit unmissverständlichen Gesten aufforderten, meine Geldbörse herauszurücken. Gottlob hatte ich nie viel dabei, und gottlob hatte ich die Beretta zu Hause gelassen. Wer weiß, wie die Sache ausgegangen wäre.

Dennoch war ich bisweilen stolz, im Besitz einer Waffe zu sein. Zu Hause habe ich immer wieder neue Verstecke für die Pistole gesucht und ausprobiert, bis ich eines Tages nicht mehr genau wusste, wo ich sie tatsächlich versteckt hatte. Das gilt auch für die fünfzig Schuss Munition, die ich seinerzeit im alten Schlachthof für einen enormen Batzen Geld mit erworben hatte. Nur wenige Patronen davon fehlen. Ich bin also noch immer bestens gerüstet. Es kommt vor, dass ich sie in die Tasche stecke, wenn ich abends ausgehe und eine nächtliche Heimkehr bevorsteht. Allerdings führe ich sie nicht mehr mit mir, sobald ich ins Ausland fahre. Die Kontrollen an den Grenzen könnten sich sonst unnötigerweise länger hinziehen. Es ist schon vorgekommen, dass ich mich bei dem seltsamen Gedanken erwischt habe, ich trage die Waffe nur bei mir, um sie nicht zu gebrauchen, etwa so, wie der Arzt einem Patienten ein Placebo empfiehlt. Welche Summe ich für meine 92er ausgegeben habe, möchte ich lieber verschweigen, sonst müsste ich mich am Ende noch schämen. Nicht schämen möchte ich mich allerdings für das durch nichts zu ersetzende Gefühl, dieses kalte schwarze Instrument in der Hand zu halten, wobei es weder um Allmachtsgefühle noch um sexuelle Reize oder sonst einen Unsinn geht, von dem Küchenpsychologen berichten. Eine geladene Waffe in der Hand zu halten, beschreibt millimetergenau die Grenze zwischen Mensch und Mafioso.

Dass es nicht nur in Italien eine Mafia gibt, bei der man eine Beretta erwerben könnte, sondern auch im Wissenschaftsbetrieb, wo mit Intrigen und lautlosen Minen gearbeitet wird, gehört zu den wichtigsten Einsichten, die ich in der Villa bekam. Auch hier gab es diverse Provinzpaten, aber auch einen ganz großen, obersten Paten, einen *capo dei capi*. Wer diesen Mann lediglich für einen Türsteher hielt, der entschied, wer hineindurfte in den Intrigantenstadel, und wer draußen bleiben musste, der unterschätzte diese dubiose Gestalt. Gewiss, er, der große Zampano unter allen Strippenziehern, entschied auch dies, aber darüber hinaus nahm er entscheidenden Einfluss auf Preise, Kommissionen, Vorsitze. Man munkelte, sein Einfluss reiche bis Stockholm ins Nobel-Komitee. Wann und wo auch immer in der Republik eine Konferenz stattfand, ein harmloses Treffen oder eine Gedenkfeier, König Midas, wie er hinter vorgehaltener Hand genannt wurde, weil alles zu Gold beziehungsweise zu „Wissenschaft" wurde, was immer er berührte, ließ keine Gelegenheit zum Präsidieren aus und konnte durch das Heben oder Senken seiner Augenbraue eine Karriere entscheidend befördern oder beenden. Die Universitäten wurden nicht müde, ihn mit Ehrendoktoraten zu überhäufen, obgleich er selbst nie ein Studium absolviert, geschweige denn abgeschlossen hatte. Städte ernannten ihn zum Ehrenbürger, und er verwies stolz darauf, eigentlich ein Straßenköter zu sein, einer, der das Gewerbe von der Pike auf gelernt hatte und es schließlich von der kleinen miesen Betriebsmilbe über den Posten des Türstehers vor den akademischen Tempeln zum Platzanweiser und zuletzt zum heimlichen Herrscher über alle Stiftungen und wissenschaftlichen Gesellschaften gebracht hatte. Er war gewissermaßen die Verkörperung der Wissenschaft und ihres Betriebs, er war Schah und Zar, Kaiser und Präsident, Ayatollah und Maximo Lider sämtlicher Laufhäuser der Branche. An ihm kam keiner vorbei, und wen immer er aus welchem Grund auch immer ablehnte, der war so gut wie tot und brachte sein Lebtag lang kein Bein mehr auf den Boden. Alle Versuche, gegen ihn zu putschen, ihn zu stürzen oder aus dem Verkehr zu ziehen, schlugen kläglich fehl. An dieser Person habe ich das Prinzip der Mafia ein für alle Mal verstanden. Noch heute, in hohem Alter, treibt er sein Unwesen.

Aus dem Sammelordner

Aus den Legenden der Heiligen Perpetua (Carthago 202) erfahren wir den Brauch, dass am Abend vor der Hinrichtung christlicher Märtyrer die Verurteilten im Amphitheater üppig auf öffentliche Kosten speisten. Zu diesem Spektakel seien auch zahlreiche Zuschauer aus dem Publikum zugelassen gewesen.

Da Bruno

Mehr als zwanzig Jahre lehrte ich als Honorar-
professor an der Juristischen Fakultät der Gerhard-
Mercator-Universität Duisburg. Da ich dort kaum
Freunde unter der Neidgenossenschaft des Kolle-
giums hatte und mir nicht danach war, auch noch
abends von überwiegend stumpfsinnigen Akademi-
kern umgeben zu sein, saß sich meistens allein in einem Restaurant. In lebendiger Erinnerung an mein
Jahr als Stipendiat in der römischen Casa Nuvole be-
vorzugte ich italienische Lokalitäten wie *Mama Leone*
oder das Edelrestaurant *Da Bruno* im Klöcknerhaus
in der Nähe des Bahnhofs. Eines Abends speiste ich
dort mit dem italienischen Schriftsteller Luigi Malerba, der seinerzeit der Universität einen Besuch
abstattete. Es war ein heiterer Abend. Bald darauf
kündigte ich wegen anhaltender und unüberbrück-
barer Konflikte mit dem Kollegium meine Profes-

sur in Duisburg und übernahm, unter Beibehaltung des Titels, das zufällig frei gewordene Notariat eines überraschend beim Drachenfliegen verunglückten Kollegen. Ich stand glücklicherweise an erster Stelle der Münchner Nachrückkandidaten.

Wenig später, am Abend des 14. August 2007, der Nacht auf Maria Himmelfahrt, trafen sich sechs Männer im *Da Bruno*. Sebastiano Strangio, der Wirt des Lokals mit einem Hummer als Logo, wollte mit Verwandten, den Brüdern Francesco und Marco P. sowie Francesco G. und Marco M. in den 18. Geburtstag des Lehrlings Tommaso-Francesco V. hineinfeiern. Es war ein üppiges Mahl, das die Küche vorbereitet hatte, es gab die üblichen Vorspeisen, ehe die Hauptgänge serviert wurden. An der Wand im Gastraum hingen Fotos mit den Stars des FC Bayern und ein Bild des Wirtes mit Uli Hoeneß, ein anderes mit Thomas Gottschalk. Man nahm reichlich Alkohol zu sich, überwiegend Wein aus Apulien.

Im Hinterzimmer waren die Utensilien für eine Aufnahme des Lehrlings in den 'Ndrangheta-Clan bereitgelegt: Ein Bild der Santa Maria von Polsi, ein Bildchen des Erzengels Michael und ein scharfes Messer, mit dem ein kleines Kreuz in den rechten

Daumen geritzt wird. Das Blut muss auf das Heiligenbildchen tropfen. Die erste Formel lautet: „In der Stille der Nacht unter dem Licht der Sterne und dem Glanz des Mondes, im Namen von Garibaldi, Mazzini und La Marmora und mit demütigen Worten, werde ich Teil der heiligen Kette." Der Kopf des San Michele auf dem Bildchen ist verunstaltet, denn er ist der Schutzpatron der italienischen Polizei. Das Heiligenbild mit dem Blutstropfen wird danach verbrannt, wie der Körper eines Verräters brennen wird. So will es auch die zweite Formel, die seit mehr als zweihundert Jahren gleich geblieben ist: „Möge ich verbrennen wie dieses Bild, wenn ich nachlassen sollte in meinem Gelöbnis der Treue, der Ehre und des Schweigens."

Zwar ist die Speisenfolge bei diesem Ritual beliebig, jedoch stellte sich kurze Zeit später heraus, dass an diesem Abend sechs Männer ihre letzte Mahlzeit genossen haben. Als sie gegen zwei Uhr morgens das Lokal abschlossen und zu ihren Autos gingen, wurden mehr als sechzig Schüsse auf sie abgegeben: finaler Kopfschuss inklusive. Als die Polizei eintraf, saßen alle noch in ihren Autos in der Auffahrt des Restaurants und hatten Schussverletzungen im Kopf- und Brustbereich. Fünf waren offenbar sofort tot, der sechste starb im Notarztwagen. Es war eine Hinrichtung von seltener Brutalität. Der Staatsanwalt sprach von einem Blutbad nach militärischem Vorbild. Hintergrund war eine unerbittliche, über zwanzig Jahre sich hinziehende Fehde zweier 'Ndrangheta-Clans, dem Strangio-Nirta und dem Pelle-Romeo Clan, aus dem kalabresischen Dorf San Luca. Der Hauptverdächtige und später in Italien verurteilte Giovanni Strangio hatte in Kaarst zwei Pizzerien betrieben, darf aber nicht verwechselt werden mit dem Bruder des ermordeten Sebastiano Strangio. Es hieß allgemein, er sei ein netter Kerl gewesen. Mit ihm in Amsterdam verhaftet wurde sein Schwager Francesco Romeo, der eine Zeitlang im Duisburger Restaurant *La Gioconda* gearbeitet hatte. Sein Chef war ein weiterer Duisburger Gastronom und Hotelier, Antonio Pelle. Rasch war dieser aufgrund der Namensgleichheit ein gefragter Interview-Partner von Medien und Polizei. Er betreibt das *Landhaus Milser*, in dem nicht nur die italienische Fußballnationalmannschaft übernachtet hatte, sondern auch Professoren der Universität und andere Prominente ein und aus gingen. Pelle stammte ebenfalls aus San Luca, dem Ort in Kalabrien, in dem die Fehde ihren Ausgangspunkt genommen hatte und aus dem Täter und Opfer stammten. Der Gastronom Antonio Pelle jedoch wurde nicht müde zu betonen, dass er absolut nichts mit den grausigen Vorfällen vor *Da Bruno* zu tun habe. Er klagte erfolgreich gegen alle, die daran Zweifel anmeldeten oder das Gegenteil behaupteten. Er veröffentlichte eigens ein Buch über sein Recht auf einen Leumund als unbescholtener Bürger.

Meine Gedanken kehrten zurück an jenen heiteren Abend, den ich vor so vielen Jahren mit dem blitzgescheiten und höchst unterhaltsamen Schriftsteller Luigi Malerba zubringen durfte.

Als ich ihn kennenlernte, hatte ich von ihm noch nicht viel gelesen, aber ich erinnerte mich besonders an ein schmales Bändchen mit dem Titel *Le galline pensierose*, das 131 kurze Geschichten enthält, die ausschließlich von Hühnern handeln. Eine davon, die Malerba damals am Abend bei *Da Bruno* erzählte, dreht sich um ein kalabresisches Huhn, das unbedingt Mitglied der Mafia werden will. Deshalb bewirbt es sich bei einem Mafia-Minister um ein Empfehlungsschreiben, doch dieser behauptet, die Mafia existiere nicht. Danach wendet sich das Huhn an einen Mafia-Richter, der ebenfalls betont, die Mafia existiere nicht. Sie sei nichts weiter als ein Gerücht. Schließlich geht das Huhn zu einem Mafia-Bürgermeister, doch auch dieser sagt zu ihm, es gebe keine Mafia. Das sei nur Gerede der Leute. Auf dem heimatlichen Hühnerhof fragen es schließlich wissbegierig alle Hühner aus, was denn nun mit seiner Mitgliedschaft in der Mafia sei. Doch das kalabresische Huhn sagt, die Mafia gebe es nicht. „Da dachten alle Hühner", sagt Malerba, „es sei Mitglied der Mafia geworden und fürchteten sich vor ihm."

Aus dem Sammelordner

Die Chronik des Balthasar Weckerlen aus Nördlingen berichtet: „Den 13. April 1560 hat man hier drei Diebe gehenkt, einer war so trunken, dass er nimmer gehen hat können und hat ihn auf einem Karren führen müssen."

Daher Döplers Warnung: „Man soll aber mit Darreichung des Weins Maße halten, damit der arme Sünder nicht dadurch an seinem Verstand gemindert und gar trunken noch auch an seiner Andacht und Gebeth verhindert werde."

Café Gondola

Aniello Sidara, Nachkomme eines Unterwäschehausierers aus Campodivespe, war der Wirt des besonders bei Touristen beliebten *Café Gondola*. Ehe es von Aniello Sidara erworben wurde, war das Café in den Händen zweier sizilianischer Familien aus Castellammare del Golfo, dem Heimatort berüchtigter Mafiosi.

Von Anfang an hatte man gemunkelt, dass dort nach Ladenschluss dunkle Geschäfte abgewickelt werden würden, doch nie ist es der Polizei gelungen, auch nur die geringste Handhabe gegen die beiden Familien zu finden. Allerdings galt das Allgäu seit einigen Jahren als Mafia-Reservat, zumal die Verkehrsanbindungen in die Schweiz sowie nach Italien geradezu ideal waren. Überdies fielen in kleineren Städten und Gemeinden krumme Touren viel weniger auf als in den Metropolen, wo sich Grundstücksmanipulationen und das Waschen von Schwarzgeld erheblich weniger bequem durchführen ließen. Abgesehen davon war die Polizeipräsenz nach dem Willen des Innenministers auf ein Minimum geschrumpft.

Das Café erfreute sich eines ausgezeichneten Rufes, man war gastfreundlich und italienisch galant, die Speisekarte gab es auch auf Japanisch, obligatorisch war nach dem hervorragenden Essen ein Grappa auf Kosten des Hauses, die *signorine* wurden umschmeichelt, die *signori* mit *complimenti* eingeseift, die *bambini* erhielten einen extra Schlag Speiseeis und die Großmütter großzügig Sahne auf die Torten mit klingenden Namen. Weil zur Herstellung einer entsprechenden Atmosphäre Musik unverzichtbar war, engagierte man zuerst einen Stehgeiger aus dem Kosovo, und, nachdem dieser bald wieder gekündigt hatte, einen Zitherspieler, der am Nachmittag allerlei Ländler aus seinem Instrument riss, ehe er unweigerlich bei der Titelmelodie zum *Dritten Mann* landete, die er dann in einer Endlosschleife abspulte.

Weil dies den Gästen jedoch bald zu langweilig und für ein italienisches Restaurant gar zu wienerisch war, besann sich die Geschäftsführung eines Besseren, schaffte einen Flügel an und suchte einen Pianisten, der sich auf die leiseren und etwas mondäneren Töne verstand. Über fünf Ecken stieß man schließlich auf einen gewissen Fabrizio Caldoni, der aus der Provincia di Agrigento stammte und sich als alter Mann erwies, der zu seinem schwarzen abgewetzten Brioni-Anzug und seinem breitkrempigen Borsalino einen offenen, seltsam verschossenen roten Wollmantel trug, den er aus einem Theaterfundus geborgt zu haben schien. An der Seite des Künstlers prangte eine junge, kaffeebraune, üppige, rundherum vor Gesundheit und Lebenslust schier platzende Schönheit, die sich mit breitem Lachen und strahlend weißem Gebiss als Chloé vorstellte. War sie seine Sängerin und er ihr musikalischer Begleiter? Wollte er sie gleich mit in den Vertrag hineinschmuggeln? Nein, sie sei nur jene Muse, sagte sie stolz, die jeder Künstler brauche. Man sah es auf Anhieb: die beiden waren ein Liebespaar. Jede Geste verriet es, jeder Blick bestätigte es.

Das *Café Gondola* engagierte den Mann, der sich angeblich jahrelang als Barpianist in Paris, auf den Balearen und in Monte Carlo durchgeschlagen hatte. Er kenne zwar keine Noten, habe aber mehr als dreißigtausend Songs im Kopf, und auf Zuruf spielte er gleich einige Titel wie *The Heart is a Lonely Hunter* oder *Smile* von Charlie Chaplin. Sein butterweicher

Anschlag, seine einfallsreichen Improvisationen auf einem stets ein wenig beschwipst klingenden Kawai-Flügel, die sich nie im verstiegen Abstrakten verloren, und seine Kunst der samtweichen Interpretationen zu nachmittäglichen Foxtrottstunden wurden bei den Gästen des Kaffeehauses ein enormer Erfolg. Alle liebten Fabrizio, der insbesondere den weiblichen Gästen mit seinem Spiel die Illusion schenkte, die Musik sei ausschließlich eine Erfindung für sie. Einige ältere Damen nannten ihn neckisch Fabri, worauf er erwiderte, sie hätten bei ihm ausnahmslos die Pole-Position. Wenn er sich dann verneigte, so war das keine Verbeugung, sondern eine „körperliche Herablassung", wie Gregor von Rezzori gesagt hätte.

Geradezu angehimmelt aber wurde er von einem italienischen Lehrmädchen mit einer ziemlich starken Brille. Das gute Kind, das im Service lernte, wirkte ebenso lieb wie ungeschickt, hatte ein verlegenes, durchaus charmant-schamhaftes Lächeln und konnte doch anstellen, was es wollte: immer wirkte es ein wenig beschränkt, um nicht zu sagen zurückgeblieben, irgendwie vom Land. Es fiel leicht, es sich als Trampel vorzustellen auf einem Bauernhof irgendwo in den Abruzzen und mit einer Schar rasch hintereinander geborener Kinder am Rockzipfel. Noch war das Mädchen jung, und was ihr ein wenig Gewicht verlieh, war bislang einzig der Babyspeck.

Fabrizio mochte es, wenn er junge Mädchen zum Erröten bringen konnte, aber sein Herz schlug ausschließlich für seine Muse Chloé. Überdies wollte er nicht für einen Schnösel gehalten werden und erst recht nicht für einen, der sich an Minderjährige heranmachte. Mehr als ein kleines Zwinkern oder ein Lächeln gab es nicht. Es dauerte nicht lange, und der alte Barpianist hatte sich von Fünf-Uhr-Tee zu Fünf-Uhr-Tee ganz unaufdringlich mit seinen nostalgisch verhangenen Klängen und seinem trefflich gepflegten Anschlag die Sympathien der Kaffeehaus-Gäste erspielt. Ja, er verstand sich glänzend darauf, die Uhr zwar nicht zurückdrehen, doch mit seinem verzaubernden Klavierspiel wenigstens eine kleine Weile anhalten zu können. Und an jedem Abend wurde er von seiner Muse abgeholt, die, wie sich herausstellte, als Model für Übergrößen auf einem Teleshopping-Sender allerlei Kleider und Umstandsmoden präsentierte.

Dieser Klavierspieler setzte eines Tages dem *Gondola*-Wirt unter wortreicher Beschwörung der goldenen 20er-Jahre den Floh ins Ohr, ein richtiges Café benötige unbedingt einen Kaffeehausdichter. Es sei heutzutage in allerlei Städten Mode geworden, ein Stipendium für einen Stadtschreiber auszuloben. Warum könne es analog zu diesem Modell nicht im *Café Gondola* einen Kaffeehausliteraten geben? Rasch wurde aus diversen hochrangigen Stammgästen, die aus dem mondänen Allgäuer Kulturleben stammten, eine fachkundige Findungskommission zusammengestellt, welche nach einer Ausschreibung in den einschlägigen Medien die Bewerbungen sichtete und schließlich eine Wahl traf, gegen die nicht einmal die übellaunigen Kritikaster der Allgäuer Zeitung etwas einzuwenden hatten.

Zum ersten Kaffeehausliteraten des *Café Gondola* wurde der Schriftsteller Anzio Cavaletti aus dem Geschlecht palermitanischer Friseure und Verschnörkelungskünstler gekürt. Ein schöner Mann, als sei er gerade erst einer Postkarte von Schloss Neuschwanstein entstiegen. Er war nicht nur wegen seiner regelmäßig in der Boulevardpresse erscheinenden Glossen, sondern auch wegen seiner zahlreichen Affären mit jenen mehr oder minder jungen Damen aus Film, Funk und Kantine bekannt, die ihren Namen gern in der Zeitung lasen. Wer sie auf seiner Seite hat, der hatte den Erfolg schon gebucht. Sein in München weltberühmter Roman *Pro domo oder Das Mädchen mit der blauen Schürze* war dafür der beste Beweis. Er wurde soeben mit prominenter Besetzung verfilmt. Der Dichter bekam natürlich, für alle Gäste bestens sichtbar, seinen Stammplatz.

Man durfte den hochbegabten Feuilleton-Homer beobachten, seinen Schnauzbart bewundern, der jenen eigenartigen Schwung hatte, auf den die Damen stehen, der dem Wesen des Literaten etwas vom Draufgängertum eines Schiffschaukelburschen gab und es ihm erlaubte, seinen Optimismus für Überlegenheit auszugeben, ja, man sollte gewissermaßen öffentlich Anteil nehmen daran, wie der Poet hingebungsvoll seine Armee von Bleistiften spitzte und streng der Größe nach geordnet wie die Orgelpfeifen vor sich aufmarschieren ließ, wie er die Seiten seines Schreibblocks glatt strich oder wie er an manchen Tagen eine Zigarette nach der anderen rauchte, man konnte buchstäblich die Löcher sehen, die er in die Luft starrte und das leere Papier vor ihm knisternd gähnen hören. Und doch sah der Kerl dabei aus, als könne er in allen Sprachen schwindeln.

Es konnte keinem entgehen, wie sich der Blick des Kaffeehausliteraten in den Ausschnitten der einsamen Damen am Nebentisch verhakte, wie er seitlich in die kurzen Blusenärmel schielte und zwischen zwei Knöpfen allerlei poetische Mutmaßungen über das Wohlgeformte als solches anstellte. Und angesichts dessen war es unvermeidlich, dass sich Anzio Cavaletti und Chloé, das Model für Übergrößen in jeder Hinsicht, näherkamen, zumal Chloé genau die Kragenweite zu haben schien, die Anzi ohne größere Anprobe in jedem Fall passte. Ihr Knie, das unter ihrem Mini hervorwuchs, faszinierte ihn weitaus mehr als das neulich von ihm in der hauptstädtischen Abendzeitung metaphernreich besungene Isar-Knie in der Pupplinger Au, dort, wo lauschig die Loisach mündet.

Der Barpianist sah mit einiger Sorge, wie seine Chloé dem Liebesröhren des neuen Platzhirsches erlag und aus dem Schatten seiner melodienreichen Protektion heraustrat, wie hingerissen seine Muse vom Löcher-in-die-Luft-Starren des fürs blanke Nichtstun engagierten Kaffeehausdichters war, wie ostentativ sie sich von seinen immer wieder neu gestalteten Improvisationen am Klavier abwandte und sich mehr und mehr für den längst räudig gewordenen Charme von Anzi Cavaletti begeisterte, der mit der nachlässigen Routine des erfahrenen Jägers längst Witterung aufgenommen hatte und sich seiner jüngsten Beute ohne einen Hauch von Zweifel sicher war, denn nicht umsonst hatte er sich über viele Jahre den Ruf eines Hallodris, eines Homme à Femmes und Schwerenöters erworben, der nichts anbrennen ließ, der heißhungrig war, ehe er gierig zubiss.

Klatschsucht, Eifersucht und Neid sind bekanntlich die drei Todsünden der Künstler. Und deshalb missgönnte der Kaffeehauspoet seinem Kollegen am Klavier die Zeit in Paris und bei der Kurkapelle von Monte Carlo. Zuerst hatte er daran gezweifelt, dass Fabrizio Caldoni überhaupt jemals den Rhein überquert hatte, doch als dieser mit Fotos aufwarten konnte, die ihn mit Simenon und Sartre zeigten und außerdem draußen in der Küche noch eine Reportage aus der *Paris Match* die Runde machte, in der zu sehen war, wie er bei einer Gartenparty von Gracia Patricia am Piano saß, verstummte Cavaletti. Diese Beweise aus der Welt des Glamours ließen dem Kolumnenschreiber aus der Abendzeitung keine Ruhe. Eines Tages prahlte er mit dem Geständnis, er sei vor Jahren einmal Schauspieler gewesen: damals, als auch er nach Indien aufgebrochen sei … Und irgendwo hinter Jodhpur sei bei seiner Bambustruppe der Souffleur von einem Tiger gefressen worden, ausgerechnet in einem Augenblick, da der Radscha von Allahabad seinen Besuch angekündigt habe, um einer Vorstellung von Richard III. beizuwohnen. Und Cavaletti gab seinem Affen Zucker und sagte zu den Angestellten, den Küchenmädchen, Köchen, Kellnern und Patissiers des *Café Gondola*: „In Erwartung der großen Galavorstellung drängte sich das Volk vor den Toren des Theaters. Und das Ensemble ohne Souffleur! Aus dieser Verlegenheit half ich der Truppe heraus. Ich ließ mich nämlich hinter der Bühne kurzerhand mit dem British Council in Kalkutta verbinden und mir die Stichworte telefonisch nennen. Die Vorstellung wurde ein rauschender Erfolg und der Radscha von Allahabad applaudierte, als sei er Claqueur an der Pariser Oper gewesen."

Der Klavierspieler Fabrizio Caldoni verfügte aber nicht nur über Tastenrasereien, sondern er war zufällig ein Fan von Jack London, kannte deshalb die Geschichte und bezichtigte Cavaletti des schamlosen Abkupferns.

So wurde der Kaffeehausdichter zum Gespött der Angestellten. Nur Chloé war so begeistert von Cavalettis Theater-Tiger-Anekdote, dass sie dem Lügner um den Hals fiel und ihm vor aller Augen schmatzend einen Kuss gab. Und nur darauf hatte dieser es angelegt. Den Vorwurf, er sei ein elender Angeber, der jede Spielplatznarbe gleich zur Duellwunde erkläre, und kupfere seine Geschichten immer nur von anderen ab, war er längst gewöhnt. Anzio spielte eben gern über Bande, und um seine heiß ersehnte Beute zu bekommen, musste er auch mal ein wenig Spott über sich ergehen lassen, der, wie er aus Erfahrung wusste, ohnehin bald vergessen sein würde.

Jedenfalls konnte es nicht ausbleiben, dass das Verhältnis zwischen dem Pianospieler und dem Lohnschreiber des *Café Gondola* immer gespannter wurde. Nachmittag für Nachmittag saßen sie sich an ihren Arbeitsplätzen gegenüber, die nur wenige Meter voneinander entfernt waren. Es begann zu grummeln und zu knistern, dunkle Wolken zogen auf, Spannung lag in der aufgeheizten Atmosphäre, die Entladung stand unmittelbar bevor.

Zuerst schickte Fabrizio Caldoni, der im Gegensatz zu Cavaletti tatsächlich arbeitete, noch eifersüchtige Blicke, doch dann wurde es von Stunde zu Stunde schwüler und frostiger zugleich, indes Chloé nach Dienstschluss ihren feurigen Charme wimpernklimpernd Richtung Cavaletti versprühte und ihr Röckchen immer höher rutschen ließ. Während der Kaffeehausdichter schmachtende Verse schmiedete, in denen sich „Busen" auf „schmusen" und „Chloé" auf „Schnee" reimte, oder rosarote Löcher in die Luft starrte, verdüsterte sich das musikalische

Programm des Pianisten bis hin zum Tanz der Walküren. Die Gäste wunderten sich bereits, warum sie nur noch von Moll-Klängen eingehüllt wurden.

Bekanntlich muss jeder einmal durch des Teufels Küche. Das galt auch für den Pianisten. Es war zu jener Zeit, als Fabrizio Caldonis Kopf anfing, unfreiwillige Bewegungen zu machen und immer öfter zu wackeln. Anfangs dachte man noch, das habe mit dem Rhythmus der Melodien zu tun, doch dann wurde einem aufmerksamen Beobachter rasch klar, dass es sich dabei um ein Nervenleiden handeln musste, das ganz ohne Zweifel seelische Ursachen hatte. Zwischen Chloé und dem Klavierspieler kam es vor den Augen und Ohren der Kaffeehausbesucher bisweilen zu unschönen Szenen und lautstarken sizilianisch-karibischen Aussprachen mit den üblichen gegenseitigen Vorwürfen, die freilich ohne erkennbares Ergebnis blieben. Ein Kenner der Szene konnte jedoch mühelos feststellen, dass dieses vor Weiblichkeit schier platzende Modell für Übergrößen jedweder Art längst nicht mehr den Barpianisten von der Arbeit abholte, sondern nach Feierabend stets in Figur betonender Kleidung hingebungsvoll auf ihren Dichter wartete und wie eine Bordsteinschwalbe auf höchster Betriebstemperatur auf ihn zuschaukelte.

Eines Tages wurde dem Barpianisten das Treiben zu bunt. Soeben hatte er sich mit einer eleganten Schleife von Akkorden aus dem Song *Time to say Goodbye* geschlichen, als er in aller Ruhe den Deckel der Tastatur schloss, langsam von seinem Klavierhocker aufstand, mit dem rechten Zeigefinger seinen schwarzen Borsalino leicht in den Nacken schob, lässig auf den Schriftsteller zuging, unauffällig von der Kuchentheke das große Tortenmesser entwendete und dieses dem karibische Löcher in die Luft starrenden Literaten mit einer kurzen Bewegung so energisch in seinen verlängerten Rücken jagte, dass sogleich rotes Dichterblut auf den blanken Fußboden tropfte, sein Blick der Zimmerdecke entgegen flog, während der Poet in dieser Sekunde glaubte, auf einer entlegenen Steintreppe energische Stiefelschritte und rasselnde Sporen zu hören. Dann schob es ihn zusammen wie die Einzelteile eines Fernrohrs.

Augenblicklich trat Stille ein. Erst nach dieser schockdefinierten Andachtssekunde schrien die Gäste auf, eine Dame fiel gekonnt vom Stuhl, eine andere, deren Haar frisch onduliert war, mitten in die Sahnetorte vor ihr, jemand rief um Hilfe, jemand anderer nach der Polizei, der wenig später eintreffende Notarztwagen brachte den Dichter sofort in die Klinik nach Kempten, und Fabrizio Caldoni ließ sich widerstandslos abführen. Ganz schmal sah er dabei aus, als sei er soeben durchs Examen gerasselt. Er bestand darauf, unbedingt noch seinen verschossenen roten Mantel über die Schultern hängen und seinen Borsalino wieder wie Humphrey Bogart in die Stirn ziehen zu dürfen. Und während Anzio Cavaletti erfolgreich operiert wurde, befand sich der innerlich gänzlich ruhige und nach außen abgeklärt wirkende Fabrizio Caldoni im Untersuchungsgefängnis, wo er einschließlich der Schnürsenkel alles abgeben musste, was er bei sich hatte. Was man ihm ließ, war das, was er gürtellos am Leibe trug: immerhin einen Brioni und ein weißes Hemd mit handgesticktem Monogramm, einst ein duftig verpacktes Weihnachtsgeschenk seiner treulosen karibischen Muse, das er in der langen Gefängnisnacht in Streifen riss, die er so geschickt miteinander verknotete, bis sie lang genug waren, um sich am Fensterkreuz seiner Zelle zu erhängen.

Diese Geschehnisse boten eine wunderbare Ablenkung von dem, was hinter den Kulissen „geschäftlich" vor sich ging. Aniello hatte begonnen, ein ernstes Wort mit seinen Konkurrenten in der Gastronomie zu wechseln. Zuerst wollten sie nicht hören, doch dann wurde er deutlicher und versprach ihnen, gelegentlich seine

„Freunde" vorbeizuschicken, um die Bruchfestigkeit ihres Geschirrs und der Spiegelwand zu überprüfen. Das sollte dann auch gleich für den neuen Firmenwagen gelten. Schließlich erzählte er von den Laborversuchen, die seine Tochter im Medizinstudium mit Ratten durchführte. Wie leicht könnten sich da einige in die Vorratsräume eines anderen Cafés verirren, um erst wieder von den rechtzeitig alarmierten Lebensmittel-kontrolleuren des Landratsamtes aufgespürt zu werden. Doch so arg musste es gar nicht kommen, wenn man sich vertrug und unter Ehrenmännern verhandelte. Rasch erzielte Aniello die Ergebnisse, die ihn vorerst zufriedenstellten, und seine Mitbewerber erkannten, dass es nur von Vorteil war, sich mit dem kleinen Paten von Bad Thulsern gut zu stellen.

Auch Orte im Allgäu eignen sich für Sensationen. Von da an verzichtete das *Café Gondola* sowohl auf einen Klavierspieler als auch auf einen Kaffeehaus-literaten, und es kehrte jene gepflegte Langeweile in die frisch renovierten Räume ein, die den meisten Etablissements dieser Art eigen ist. Nur der Chef des Hauses erlebte einen weiteren Frühling und wurde immer häufiger in Begleitung einer üppigen karibi-schen Schönheit gesehen. Eines Tages aber hatte er sie satt und heiratete eine blonde Beutegermanin. Nebenbei beschäftigte er sich leidenschaftlich mit Deko-Palmen für sein Café und mit unverbaubaren Hang-Grundstücken, denn der Kaffeehausbesitzer hatte Großes vor.

Aniello Sidara hatte einen Traum. Das *Café Gondola* war nur eine Durchgangsstation und für seine Vision viel zu mickrig. Er wollte ein zweiter César Ritz sein und ein Grand Hotel bauen. Nach altem Stil. *Garibaldi* sollte es heißen, in Verehrung des italienischen Nationalhelden. Aber dazu benötigte er ein geeignetes Grundstück. Möglichst Hanglage.

Eine Zeitlang fragte man sich in Bad Thulsern, wie Aniello Sidara an das Grundstück für sein *Grand Hotel Garibaldi* gekommen sein mag. Wen aus dem Stadtrat und wen aus der Naturschutzbehörde hatte er geschmiert, um diese Sahneschnitte zu ergattern? Wie hoch war die Summe? Oder hatte das etwas zu tun mit der hübschen Tochter des Bürgermeisters, die in München Kunstgeschichte studierte und eines Tages mit einer Überdosis MDMA in der Uni-Toilette gefunden wurde. Sie gab später an, sich nicht erinnern zu können, wer ihr auf einem Studentenfest das Zeug in ihr Glas gezaubert haben könnte, denn bis dato sei sie noch nie mit

Drogen in Berührung gekommen. Allerdings habe sie auf der Party einen Italiener aus Montefalcone namens Corrado kennengelernt, angeblich Student der Betriebswirtschaftslehre. Er habe ganz wunderbar Klavierspielen können. Von dem Tag an, hieß es, habe sich nicht nur das Mädchen verändert, sondern auch ihr Vater, der Bürgermeister, sei ein anderer geworden. Aniello ging zu ihm, sprach in aller Ruhe von Ehrenmann zu Ehrenmann, und er versicherte ihm, seine Tochter werde von nun an nie mehr etwas in ihrem Glas finden, das dort nicht hineingehöre. Er garantiere seinen Schutz für das Kind, erbitte aber lediglich, der Bürgermeister möge noch einmal wohlwollend über die Pläne mit dem Grundstück nachdenken. Zweifellos könne er den Rat von den Plänen des *Grand Hotels Garibaldi* überzeugen. Es werde Bad Thulsern internationale Gäste, neuen Glanz und Wohlstand bringen. Und noch etwas sagte Aniello zu dem Stadtoberhaupt: Ein Mann sollte immer dafür sorgen können, dass seiner Familie nichts zustößt.

Interessant war aber auch, als ein einheimischer Konkurrent auf dem benachbarten Hanggrundstück wenige Jahre später ebenfalls einen großen Hotelkomplex hinstellen wollte. Die Planungen waren bereits abgeschlossen, sämtliche Genehmigungen erteilt, als plötzlich der Moorlaufkäfer auf dem Gelände entdeckt wurde. Und damit nicht genug: Experten fanden auch eindeutige Hinweise auf den Christophskrautspanner. Das ist ein Falter, ungefähr zweieinhalb Zentimeter groß mit dunklen Flügeln und einer auffälligen weißen Zeichnung, und er steht auf der Liste der besonders geschützten Arten. Damit waren die Pläne für ein zweites Hotel direkt vor der Nase des *Garibaldi* gestorben. Aniello Sidara war begeistert und bedachte den Naturschutz mit einer großzügigen Spende. Wie diese hoch geschützten Arten so plötzlich entdeckt werden konnten, blieb ein Rätsel. Niemand im Allgäu wäre jemals auf die Idee gekommen, dahinter die Ehrenwerte Gesellschaft zu vermuten, denn die Allgäuer glaubten immer noch, deren Mitglieder liefen mit gegeltem Haar, im Nadelstreif und mit MP im Geigenkasten durch die Straßen der amerikanischen Hauptstädte.

Das alles trug sich nicht weit von Kempten im Allgäu zu. Die Allgäu- und Käsemetropole ist eine Stadt mit einer Geschichte voll enger Verbindungen zu Italien. Heute scheinen sie stärker denn je zu sein.

An dem Tag, an dem Giorgio Basile, ein mehrfacher Auftragsmörder der 'Ndrangheta, auf dem Bahnhof Kempten geschnappt wurde, hatte der Wirt und kommende Hotelier ganz andere Sorgen. Die Kanalisation streikte und drohte, die Fäkalien der Gäste auf die Straße zu schwemmen. Die Versitzgrube musste dringend geleert werden, die Gemeinde saß ihm im Nacken, und er wusste nicht, wie er die Scheiße seines Lokals loswerden sollte. Den halben Tag telefonierte er wild durch die Gegend, suchte Rat, fand keinen, fand aber auch niemanden, der bereit war, auf die Schnelle das stinkende Problem aus der Welt zu schaffen. Erst als er bei sich zu Hause in Campodivespe anrief und dort einen verwandten Fuhrunternehmer am Telefon hatte, dem er die verzweifelte Lage in wenigen Worten schilderte und dieser sofort kapierte, deutete sich eine Lösung an. Der Fuhrunternehmer riet ihm, die Scheiße zu vermarkten und sich an den örtlichen Bauernverband zu wenden, denn dieser habe genau dasselbe Problem. Wird zu viel Gülle auf dem Feld ausgebracht, hat das gravierende Konsequenzen. So dringt immer mehr davon ins Grundwasser ein, wodurch der Nitratgehalt des Wassers ansteigt. In vielen Regionen wird der Grenzwert von fünfzig Milligramm Nitrat pro Liter Grundwasser um ein Vielfaches überschritten.

Aniello Sidara traf sich kurzfristig mit dem Vorsitzenden des Verbandes und erläuterte ihm die Idee des Fuhrunternehmers aus Campodivespe. Dieser hatte sich nämlich bereit erklärt, nach dem Vorbild der Casalesi in Neapel einige Lkws örtlicher Unternehmer mit ein wenig Schnee aus Kolumbien ins Allgäu zu schicken, die Gülle abzupumpen und irgendwo in den Weiten des menschenleeren Aspromonte illegal auszubringen oder im Meer zu verklappen. Von dort könne es noch weiter gehen an Orte mit magischen Namen: El Aaiún, Smara, Ad-Dakhla, El Marsa, Laâyoune …; Westafrika ist groß und hat viel Platz! Natürlich koste das eine Stange, aber schließlich sei es angesichts der immer strenger werdenden Auflagen aus den Ministerien und aus Brüssel dringend notwendig, die Scheiße loszuwerden und im Rahmen einer grenzüberschreitenden europäischen Maßnahme effizient und umweltfreundlich zu lösen. Denn im Aspromonte mangle es an natürlichem Dünger, wie sich leicht aus einigen Papieren entnehmen lässt, die der Verwandte aus Campodivespe aufgrund seiner vielfältigen Verbindungen zu regionalen Behörden rasch erstellen lassen könne. Beide Geschäftspartner könnten davon profitieren, und es sei nicht schwer, auch entsprechende Subventionen aus Brüssel dafür locker zu machen: Die Allgäuer seien ihre Gülle los, und die Kalabresen froh, wenn aus unzugänglichen Tälern blühende Landschaften würden, in denen sich vor allem deutsche Urlauber, Bergwanderer und Naturfreunde besonders wohl fühlen würden.

Als die ersten edelstahlblitzenden Lkws aus Italien eintrafen, die man leicht mit jenen Milchtransportern verwechseln konnte, die ohnehin die Straßen des Allgäus verstopften, dachte niemand groß darüber nach, was sie geladen hatten. Nur der Chef des *Garibaldi*, der sich die Entsorgung der Gülle teuer bezahlen ließ, hatte mit der Hilfe seiner Verwandtschaft aus Campodivespe und den Sorgen der örtlichen Bauern ein grandioses Geschäft gemacht, dessen Überschüsse er schnell verschwinden lassen und gewinnbringend anlegen wollte. Er hatte buchstäblich aus Scheiße Gold gemacht. Der Gewinn durfte nicht ruhen, das Geld musste arbeiten, und zwar genau so, dass es sich wie von selbst vermehrte. Natürlich war die Kette nicht mit ein paar Lkws aufzubauen. Dazu bedurfte es mehr. Mit geeigneter Unterstützung einiger Freunde beim Zoll war die Verplombung der Ladung kein ernstes Problem. Über einen Geschäftsfreund in Bulgarien, der wegen einer mangelbehafteten Lieferung von Escort Girls in die schwäbischen Großstädte bei der Famiglia noch in der Kreide stand, wurden zunächst einige dreiachsige edelstahlblitzende Aufleger für Speiseöl geleast, die eine beachtliche Ladekapazität von bis zu 50.000 Liter hatten. Ab Kempten Hbf. konnte ein Tankzug zusammengestellt werden, der die Kapazitäten bequem erhöhte. Die Kesselwagen-Garnituren rollten EU-gefördert bis zum Hafen Gioia Tauro, wo das Kokain aus Südamerika ankommt. Auf diese Weise wuchs das Geschäft langsam, aber sicher, denn die Allgäuer hörten nicht auf, munter weiter zu düngen.

Die Palmengrenze war wieder ein wenig weiter nach Norden gerückt.

Aus dem Sammelordner

Der Kindesmörder Johann Baptist Georg Hartung erklärte dem Gericht zu Lengsfeld in Thüringen 1779: „Weil ich sehe, dass ich ein für alle Mal sterben soll und muss und daher die hohen Gerichtspersonen mich nicht länger mehr zu unterhalten brauchen: so bitte ich, dass mir von Amtswegen heute Mittag eine Suppe, Fleisch mit Zugemüse und Braten nebst einer Flasche Wein verabreicht werde. Was ich abends verlange, werde ich dem Diener anbefehlen.“

Klausentreiben

'Ndrangheta, Camorra, Cosa Nostra, Sacra Corona
Unita: Markenzeichen, Produktnamen, Leerformeln?

Ist das nicht alles Folklore, wie die Balladen vom
edlen Räuber Rinaldo Rinaldini und dem Wild-
schütz Jennerwein?

Grundsätzlich gilt: Folklore ist gut fürs Geschäft.
Nirgendwo weiß man das besser als in Bayern. Von
der Folklore ist es nur ein kurzer Schritt zur Verklä-
rung, in deren Glanz man sich gut verstecken kann.
Das gilt besonders für die Ehrenwerte Gesellschaft.

„Mafia" als Produkt reicht von der Kaffeesorte bis
zum Separee im Nobelhotel, vom hitparadentaug-
lichen Popsong über den Krimireißer bis zur Fernseh-
serie und zum Karnevalskostüm.

Die Folklorisierung der Mafia hat dazu beigetra-
gen, dass der Mythos mittlerweile größer scheint als
die Sache selbst.

Aber stimmt das auch?

Die Ehrenwerte Gesellschaft von heute legt keinen Wert mehr auf Öffentlichkeit. Sie schätzt vielmehr die Diskretion und das Wohlbehagen in der Mitte der bürgerlichen Gesellschaft. Sie begeht das perfekte Verbrechen ohne Blutvergießen. In der Straße, in der sie ein Lokal hat, wird darauf geachtet, dass nicht einmal ein Fahrrad geklaut wird. Ihre wahre Stärke besteht darin, ignoriert zu werden. Alles ist machbar, solange es keinen Lärm und kein Aufsehen verursacht. Nur manchmal reißt die dünne Decke der gut getarnten Wohlanständigkeit auf und gibt den Blick frei auf die Abgründe.

So würde eine entsprechende Mafia-Nachricht nicht nur die Bürger von Bad Thulsern beunruhigen, sondern sie würde sich via Internet in Windeseile weltweit verbreiten und würde ebenso in Fairbanks, Alaska wie in Kapstadt gelesen werden: Bergsteiger, so müsste man sich das vorstellen, würden in steilem und unwegsamem Gelände hoch oben im schwer zugänglichen Bereich des schneebedeckten Gottesackerplateaus das Wrack eines ausgebrannten Kleinwagens entdecken. Auf dem Fahrersitz des Autos würde man in einer Klarsichthülle einen Zettel mit einer Notiz finden: „Ich nehme eine

Handvoll Sand und bitte noch um so viele Jahre, wie Körnchen im Sande seien."

Von einem Fahrer wäre weit und breit nichts zu sehen. Auch nach einer sich über mehrere Tage erstreckenden Suchaktion würde niemand gefunden werden. Ein pensionierter Lateinlehrer würde als Verfasser des Zitats auf dem Zettel Publius Ovidius Naso identifizieren und sich darüber wundern, dass keiner bei der Polizei mehr das Große Latinum hat. Die rätselhafte Tat würde die Menschen bewegen. Die Zeitung würde eine weit und kühn hergeholte Parallele zu Hemingways Erzählung *Schnee auf dem Kilimandscharo* ziehen, wo von einem gefrorenen Gerippe eines Leoparden die Rede ist, das dicht unter dem Gipfel liegt: Niemand weiß, was der Leopard in jener Höhe gesucht hat. Wochenlang würde die Redaktion die Leser in Zusammenarbeit mit den Ermittlungsbehörden befragen, ob sie eine einleuchtende Erklärung für das ausgebrannte Wrack hätten, und was uns das Zitat von Ovid sagen wolle. Da müsse doch irgendein Sinn dahinter sein. Die Folge würde eine Flut von Zuschriften sein.

Aber es kam anders.

Niemand wusste davon, dass an jenem Morgen zwei Italiener, der Hotelier Aniello Sidara und Pierino Porticello, Sprecher von Radio Sant'Angelo, mit einem vor einiger Zeit in Bressanone, Alto Adige unter falschem Namen gemieteten kleinen japanischen Jeep auf das schon ein wenig mit Schnee bedeckte hochgelegene Himmelreichplateau fahren wollten, um per Augenschein zu prüfen, inwieweit das Gelände um den Sendemasten der Rundfunkstation geeignet war, einige Windräder zur Gewinnung von Windenergie aufzustellen. Der Bürgermeister und der zuständige Ministerialrat des Umweltministeriums waren nicht nur über die bislang vor der Presse und der Opposition geheim gehaltenen Pläne informiert, sondern sie hatten auch diskrete kleine Geschenke zur Förderung gegenseitigen Verständnisses und der deutsch-italienischen Freundschaft erhalten. Es sollte dem Allgäu gut zu Gesicht stehen, wenn künftig auf Berggipfeln oder Hochplateaus Windräder zur Gewinnung alternativer Energie arbeiten könnten. Schließlich lebte man im zukunftsorientierten 21. Jahrhundert. Allgäu und alternativ: Das passte nicht nur alliterierend zusammen. Jedenfalls standen die zuständigen Behördenchefs den Planungen positiv gegenüber, Alpenverein und Bürgerinitiativen würden mit einem angemessenen Bakschisch im Zweifelsfalle auch noch zu gewinnen sein. Dessen war sich Aniello Sidara sicher, denn Pierino

Porticello sollte die entsprechende Medienkampagne hierzu via Radio Sant'Angelo in die richtigen Bahnen lenken. Beide Männer bestiegen in aller Herrgottsfrüh den kleinen SUV und machten sich auf den Weg. Sie plauderten unterwegs über dies und das und staunten, mit welcher Leichtigkeit das japanische Fabrikat den immer steiler und steiniger werdenden Weg meisterte. Am Ziel angekommen bot sich ihnen eine herrliche spätherbstliche Aussicht über die gesamte Alpenkette und weit hinunter ins Allgäuer Alpenvorland, jene korrumpierend schöne und sanft hügelige Landschaft mit ihren Wäldern, Seen und grünen Auen, die jedes Touristenherz höherschlagen lassen. In der Ferne war sogar Schloss Neuschwanstein zu erkennen, und noch ein Stück entfernter ragte unverkennbar die Zugspitze in den weißblauen Werbeplakathimmel. Die beiden Männer stellten das Auto ein gutes Stück weit vom Sendemasten ab und stiegen aus. Aniello streckte sich, breitete die Arme aus. Er fühlte sich bereit, die ganze Welt zu umarmen und spürte, was es bedeutet, Teil einer Global Community zu sein. Der Coup mit der Windenergie würde sein Meisterstück werden, über kurz oder lang würde er reif sein für den Bayerischen Verdienstorden oder das Bundesverdienstkreuz. Da sein Blick talwärts gerichtet war und seine Gedanken hoch oben in den Wolken schwebten, konnte er nicht sehen, wie Pierino Porticello einen Schalldämpfer auf eine Pistole schraubte. Aniellos Traum war, eines Tages eine eigene Familie zu gründen. Dabei war er einer engen Kooperation mit den lokalen Behörden, dem Heimat- und Wirtschaftsministerium nicht abgeneigt. Sein einziger Fehler war, sich dabei nicht mit seinem Paten abgesprochen zu haben und dessen Segen einzuholen, wie es die Gesetze der Famiglia vorschrieben. Ohne dieses Plazet war aber alles von Unheil.

Der Radiomann trat neben den Hotelier. Jetzt wäre ein idealer Augenblick gewesen, die Waffe auf Aniellos Hinterkopf zu richten und ihm zu sagen, was die Familie von einem Abweichler hielt, der nur in seine eigene Tasche wirtschaften und Familieninteressen umgehen will.

Ehe Aniello Sidara hätte reagieren und einen Ton sagen können, hätte er nur noch ein ploppendes Geräusch gehört, das dem Entkorken einer Champagnerflasche glich. Dann wäre er mit einem kurzen Blick schon nicht mehr von dieser Welt in die Knie gegangen und mit dem Gesicht nach vorn auf den harten Bergboden gesackt.

Aber Porticello zögerte den Bruchteil einer Sekunde zu lange und steckte schließlich die Pistole rasch zurück in die Jacke. Die beiden Männer gingen schweigend zum Auto und fuhren ins Tal, ohne ein Wort miteinander zu wechseln. Aniello war in Gedanken an seinen Ruhm versunken, doch Porticello konnte nicht ahnen, dass diese Überlegungen nicht ihm galten, sondern grandiosen Zukunftsplänen. Der Radiomann indessen kaute auf seiner Unterlippe herum und fragte sich, ob Aniello nicht doch etwas von seinem Vorhaben geahnt hatte. Vor allem aber kümmerte ihn, wie er sein Zögern dem Paten begreiflich machen sollte.

Es war alles vorbereitet gewesen: von den Plastiküberzügen im Auto bis zu einem Zettel im Handschuhfach, der als eine Art Abschiedsbrief gelten sollte. Wenn er jetzt noch Spuren hinterlassen haben sollte, so wusste Porticello, würden diese im bürokratischen Wust der deutsch-italienischen Behörden und ihrer langwierigen Amtshilfeansuchen verwischt werden, denn der Wagen war mit Bedacht in Südtirol angemietet worden. Notfalls konnte man die fraglichen Unterlagen auch verschwinden lassen. Dazu musste man nur entsprechende Verbindungen insbesondere zum weiblichen Personal in den Behörden aktivieren.

Die Schläferinnen warteten bereits, denn sie waren auch seine Beischläferinnen.

Im Tal angekommen verabschiedeten sich die beiden Männer mit Bruderkuss und verabredeten, im Dezember gemeinsam am Klausentreiben teilzunehmen. Das Datum war gut gewählt, denn es würde im Gedächtnis bleiben. Der bibelfeste Radiosprecher Porticello aber dachte an Matthäus 26, 47, wo es heißt: „Und der Verräter hatte ihnen ein Zeichen gegeben und gesagt: Welchen ich küssen werde, der ist's; den greifet."

Anfang Dezember fand vor dem *Grand Hotel Garibaldi* eine der bizarrsten Sportveranstaltungen statt, die ich jemals gesehen habe. Die Teilnehmer kamen aus ganz Europa, viele reisten mit eigenen Wohnmobilen an, die größer waren als ein Löschfahrzeug der Feuerwehr, und mit allem Schnickschnack ausgestattet. Es entstiegen ihnen überwiegend bärtige, muskelbepackte Männer zwischen zwanzig und vierzig, die vorzugsweise rot karierte Baumwollhemden und schwere Stiefel trugen. Ihre Sportgeräte bestanden aus rasiermesserscharfen Äxten, Ketten-, Zug- und Motorsägen. Die Sportart nennt sich *Stihl Timbersports*, soll angeblich unter Holzfällern in Tasmanien entstanden, nach Kanada und in die USA exportiert und mit tatkräftiger Unterstützung des Motorsägenherstellers *Stihl* professionalisiert und von dort 2001 nach Deutschland importiert worden sein. Auch Damen waren beteiligt, die in Sachen Muskelpakete den Männern in nichts nachstanden und ebenfalls rot karierte Wolljacken bevorzugten. Irgendwie schien das Holzfällen durchaus ins Allgäu zu passen, denn der Allgäuer Phänotypus war schon pränatal als muskelbewehrter Holzfäller ausgeprägt. Wo sich anderenorts gewisse intellektuelle Fähigkeiten entwickelt hatten, folgte man im Allgäu der Devise „Schmalz durch Gaudi".

Die Zuschauer strömten herbei, dem Sieger winkten hohe Geldpreise. Die *Garibaldi Trophy* zu diesem Kettensägenmassaker hatte der Hotelier Aniello Sidara gestiftet. Die Luft war erfüllt vom unsäglichen, kaum auszuhaltenden Krach der Kettensägen und vom Johlen der rasch angetrunkenen Schlachtenbummler, die auch gern ihre Allgäuer Urtriebe ausgelebt hätten und insgeheim all jene beneideten, die rot kariert mit Sägen und Äxten das Holz in gänzlich geistesfreier Manier malträtieren durften. Man spürte die Lust an der Zerstörung, das Publikum schien, angestachelt von den aufheizenden Lautsprecheransagen und der aufpeitschenden Musik, für die ausnahmsweise Radio Sant'Angelo seinen DJ Porticello und das technische Equipment zur Verfügung gestellt hatte, aus einem einzigen Leib zu schwitzen und solidarisierte sich mit rohen Kräften und deren sinnlosem Walten, das die testosterongesteuerten Allgäuer Jungmannen regelrecht euphorisierte. Bei der Preisverleihung an einen einheimischen Holzhacker brillierte Aniello Sidara und hielt eine schwungvoll patriotische Rede mit charmantem italienischem Akzent, ehe er Freibier an alle ausgab.

Gegen Abend begann es leise zu schneien. Ich stand vom Schreibtisch in meinem bequemen Appartement auf und ging ans Fenster. Für einen Augenblick sah ich beim Betrachten der Schneeflocken meine Kindheit vorbeifliegen, und ich öffnete das Fenster und roch die Luft, die schon ein wenig nach Weihnachten duftete und nach Schlittenfahren. An den Händen fühlte ich die halbnassen Wollhandschuhe, meine Füße mit zwei Paar Socken übereinander steckten in Winterstiefeln. Der verknotete Schal um meinen Hals war rot, auf dem Kopf trug ich eine Mütze mit einem weißen Bommel. Beim Niederschreiben von Erinnerungen stellt sich immer die Frage, wo man beginnen soll: am Anfang, als alles noch ganz anders war, oder im Jetzt, um die Geschichte gewissermaßen rückwärts aufzurollen.

Schneefall war schon immer das Medium, das mich träumen ließ.

In Deutschland gibt es für alles einen Verein. Das gilt natürlich auch für das Allgäu. Einer dieser Vereine gilt dem Klausentreiben, womit ein heidnischer Brauch bezeichnet wird, der im alemannischen Alpenraum um den Nikolaustag herum, meist am 5.12., zelebriert wird. Junge, voll im Saft stehende Männer verwandeln sich in dämonische Gestalten, hüllen sich von Kopf bis Fuß in zottelige Felle, schnallen sich allerlei Kuhglocken enormen Ausmaßes, Schellen oder Ketten um, schwärzen ihr Gesicht oder tragen archaische, groteske und bizarre Hexenmasken, geschnitzte Geisterlarven, nicht selten mit Gehörn oder Hirschgeweih auf einem fellbedeckten Helm, sie tragen ausgehöhlte Schweinsköpfe aus Plastik, Pappmaschee, Leder oder Holz, sind also bis zur Unkenntlichkeit vermummt. Die Allgäuer ahnen nicht, wie entlarvend ihre Larvenlust eigentlich ist. Diejenigen mit einem qualifizierten Volksschulabschluss berufen sich auf angeblich uraltes, finster keltisches Brauchtum, obgleich sie diesen Begriff nicht einmal definie-

ren könnten, faseln etwas von heidnischem Winter-
austreiben mit Krach und Lärm und Verbreiten von
Angst und Schrecken, und legitimieren die Schläge
mit Ruten, in die sie heimtückisch Stacheldraht ge-
flochten haben.

Bei Einbruch der Dunkelheit toben, angekündigt
von Böllerschüssen, mehr als hundert in abscheuliche
Kleider gewickelte Irre martialisch wie eine wildge-
wordene Horde durch Städte und Dörfer, vandalisie-
ren Wirtshäuser, die nicht gewillt sind, Freibier aus-
zuschenken, schlagen mit Dauererektion auf Umste-
hende ein, bevorzugt auf kreischende junge Mädchen
und Frauen, können nicht genug bekommen von
bizarren Tanzbewegungen, Gehüpfe und Geprügle,
von Grölen, Saufen, Lärmen und anschließendem
Herumvögeln. Zahlreiche TV-Teams sind eigens
angereist, um dieses barbarische Spektakel live zu
übertragen. Sie begleiten kleinere Sturmtruppen, in
die sich die anfänglich geschlossen auftretende Ko-
horte aufgeteilt hat, in einzelne Häuser, wo sie einen
größtmöglichen Sachschaden verursachen. Das alles
finden die Allgäuer großartig und lassen sich gern mit
Ruten peitschen oder auf gröbste Weise an die Geschlechtsteile fassen. Da es durch offene Feuer auch

zu kleineren Bränden kommt, hat die Feuerwehr gut zu tun. Strafanzeigen sind sinnlos, denn es gilt der Ausnahmezustand. Das Extreme ist im Allgäu stets geschätzt. Im vergangenen Jahr verfolgten zwanzigtausend Zuschauer das Klausentreiben, mehr als dreißig Personen mussten in Krankenhäuser eingeliefert werden. In früheren Jahren gab es auch Todesfälle. Das Klausentreiben geht bis in die frühen Morgenstunden, und so mancher Besoffene, der sich eine ruhige Ecke gesucht hat, um seinen Rausch auszuschlafen, läuft Gefahr, in den kalten Nächten zu erfrieren.

Unter den Bierleichen war diesmal eine tatsächliche Leiche, die anfangs gar nicht als solche erkannt wurde. Danach dauerte es allerdings nicht lange, bis die Identität des Toten geklärt war. Es handelte sich um den von seiner Frau noch gar nicht vermisst gemeldeten Hotelier Aniello Sidara (63), italienischer Staatsbürger, angeblich geboren in Campodivespe in Kalabrien, verheiratet mit Ingrid Sidara (58), geborene Amherder, einzige Tochter eines Allgäuer Hoch- und Tiefbauunternehmers. Sidara selbst war Vater zweier erwachsener Kinder, des Dr. iur. Cesare Sidara, Rechtsanwalt, und der habilitierten Ärztin Dr. med. Loredana Sidara. Beide mit deutscher und italienischer Staatsangehörigkeit. Während die Tochter in einem eigenen medizinisch-pharmazeutischen Labor und als Chef-ärztin eines spirituellen Zentrums tätig war, befand sich der Sohn derzeit zur Weiterqualifikation an der Juristischen Fakultät der Yale University, an der nicht weniger als 19 Richter des Obersten Gerichtshofs der Vereinigten Staaten ihr Studium absolviert hatten.

Der Tote lag hinter seinem Hotel in dem Geviert, das für die Abfalltonnen vorgesehen ist, von denen sämtliche umgestürzt und ausgeleert worden waren, sodass der Unrat zur Freude der Spurensicherung weit verstreut umherlag. Der in ein Klausenkostüm gehüllte Hotelier hatte sich augenscheinlich eine Pistole in den Mund gesteckt und sich die Schädeldecke weggeschossen. Man rief die Polizei, den Notarzt, die Staatsanwaltschaft … Bei dem allseits herrschenden Höllenlärm konnte natürlich ein einzelner Schuss leicht überhört werden. Die Blutspuren blieben unter der weiten bunten Larve verborgen. Die Waffe lag neben dem Toten, es fehlte eine einzige Patrone. Weitere verwertbare Spuren konnten nicht gefunden werden, dazu war der Innenhof zu sehr mit Müll verwüstet, sodass die Tat als Suizid erkannt und die Akte schnell geschlossen wurde. Auffällig war nur ein Bild des Hl. Michael im Geldbeutel. Es hatte ein Brandloch. Ähnliches wurde bei einem der jungen Erschossenen in Duisburg gefunden. Zwar gab es allerhand Gerede und Mutmaßungen, und es wurde kein Abschiedsbrief gefunden, doch Befragte, die ihn näher gekannt hatten, gaben an, in letzter Zeit bei ihm eine deutliche Eintrübung seiner sonst so guten Stimmung festgestellt zu haben, gelegentlich habe er auch über seine Schuldenlast und eine beängstigende ärztliche Diagnose gestöhnt. Da er sich jedoch stets nur von einem im Allgäu unbekannten Spezialisten in Mailand habe untersuchen lassen, sei nichts Genaueres in Erfahrung zu bringen gewesen.

Niemand hatte den Radiomann Pierino Porticello auf dem Zettel, der ebenfalls bis zur Unkenntlichkeit vermummt am Klausentreiben teilgenommen hatte und erheblich verschwitzt frühmorgens in den Sender von Radio Sant'Angelo gekommen war, um in aller Eile zu duschen, sich umzuziehen und bester Laune in jene frischen Kleider zu schlüpfen, die er in seinem Spind stets in Reserve hatte. Er nahm gelassen seinen Platz im Studio ein, nickte der Tontechnikerin zu, schäkerte ein wenig, blinzelte verschmitzt, setzte sich die Kopfhörer auf, wartete auf das grüne Licht an seinem Arbeitspult und begann mit sonorer Stimme seine Morgenmoderation. Die Hörer erkannten den Mann mit einem interessanten angerauten Timbre wie jeden Tag sogleich an seiner Stimme. Er war *ihr* Adriano Celentano. Was sie nicht sahen, waren die ausdruckslosen Augen eines Killers.

Das Datum der Tat war nicht zufällig. Wichtig ist immer der Symbolcharakter solch eines Tages. Er verstärkt die Erinnerung an den Verstorbenen und gleichermaßen an die Tat. So bleibt die Angst lebendig.

Ein Mafia-Mord im Allgäu?

In dieser alphornverblasenen Bärenmarkenidylle?

Schon 1989 verhafteten Fahnder des Landeskriminalamts in Kempten den Gemüsehändler Salvatore Salamone, Kopf des Santangelo-Clans, dem diverse Tötungsdelikte in Sizilien und Schutzgelderpressungen sowie Rauschgift- und Waffenhandel vorgeworfen wurden. Nach der Razzia verkündete der Präsident des bayerischen Landeskriminalamts erstmals, dass das Allgäu längst nicht mehr nur als Ruhe- und Rückzugsgebiet für jene Mafiosi diene, denen es in Italien zu heiß geworden war, sondern auch als Drehscheibe für den mitteleuropäischen Drogenhandel. 1992 fasste die Polizei Salamones Nachfolger Vito di Stefano. Die Anklagepunkte gegen den 37-jährigen Memminger Pizzabäcker: Drogenhandel, Erpressung, Geldfälschung. Er wurde 1993 zu acht Jahren Haft verurteilt, aber schon nach drei Jahren wegen guter Führung wieder entlassen und nach Italien abgeschoben. Nur ein Jahr später wurde vor dem Neu-Ulmer Landratsamt Pietro B. festgenommen. Der Tipp kam von der italienischen Justiz, die bereits seine Auslieferung beantragt hatte. Der 37-Jährige stammte, wie Vito di Stefano, aus dem Örtchen Adrano in der sizilianischen Provinz Catania.

Im Jahr 2000 machte ein Mann der Drogenfahndung in Kempten auf sich aufmerksam. Das war jener Mann, der im Februar 2014 seine Ehefrau krankenhausreif schlug und wegen Drogenbesitzes festgenommen wurde. In den Jahren nach seiner Amtsübernahme wurde es ruhiger um die Ehrenwerte Gesellschaft im Allgäu. Hatte das seine Gründe in einer fehlgeleiteten Kooperation? Im Jahre 2008 kam es zu einer Razzia in der Pizzeria *Vulcano* in Sonthofen, die der Famiglia als Drogen-Drehscheibe zwischen Italien und Belgien diente.

Nach langjährigen Ermittlungen gelang es der Kemptener Staatsanwaltschaft, zwei mutmaßliche Mitglieder des Pelle-Romeo-Clans, der auch in die Duisburger Morde verwickelt war, mit einem europäischen Haftbefehl in Italien verhaften und nach Deutschland ausliefern zu lassen.

Längst zeigt sich, dass es die Società nicht mehr bei Landsleuten belässt. Offiziell wird bestätigt, dass sie in den 90er-Jahren die Staatsanwaltschaft Kempten unterwandern wollte. Der Santangelo-Clan hatte versucht, eine Schreibkraft einzuschleusen.

In Trapani und Palermo weiß man längst, dass die Stadt Kempten inzwischen unter der Kontrolle der Ehrenwerten Gesellschaft steht. Das beschränkt sich nicht nur auf die Taten der Mafia selbst, sondern auch auf die Kontrolle der gewöhnlichen Kriminellen. Die Ehrenwerte Gesellschaft besteuert diese, indem sie von Drogendealern und Dieben entsprechende Summen von Schutzgeld erpresst, ebenso wie von Ladenbesitzern oder Baufirmen. Das Netzwerk reicht bis in den Knast.

Laut dem Direktor des italienischen Anti-Mafia-Kriminalamtes DIA kann man mit Migranten mehr Geld verdienen als mit Drogen. Das Allgäu ist ein ideales Gelände für Migrantenschmuggel. An die hundert Afrikaner gehen monatlich über die grüne Grenze, beschützt und geleitet von den niederen Rängen der Ehrenwerten Gesellschaft. Gut verteilt reichen ein paar Viehtransporter. Zwischen den Rindern fallen die Migranten gar nicht weiter auf. Über den Grenzübergang Enge oder Vils, das Tannheimer Tal und Oberjoch läuft alles ungestört. Notfalls legt man von Schattwald bis Wertach einen kleinen Spaziergang ein und nützt den Sebald-Weg, benannt nach einem Dichter aus der Region. Die Österreichischen Behörden beklagen bereits enorme Kosten durch Übersetzungsleistungen bei den Vernehmungen. Man packt je 25 Mann in 3 Transporter, mischt sie unter das Vieh, stellt ihnen zwei Kisten Adelholzener Heilwasser hin, und los geht die Fahrt. Im Nu ist man über der Grenze, in Wertach wartet schon der nächste Verschub. Man muss nur eine gut funktionierende Transportkette organisieren. Natürlich gegen Bares. Gegebenfalls parkt man ein paar Rinder auf einer Wiese und holt sie später ab. Spätestens in Kempten müssen die Migranten selbst schauen, wie sie zurechtkommen. Die meisten haben ohnehin Verwandtschaft in der Gegend. Per Handy sind diese längst informiert. Sollte tatsächlich einmal etwas schieflaufen, bleibt immer noch das Kirchenasyl.

Aus dem Sammelordner

Der Gefängnisarzt von Sing Sing erzählt, dass es alte Praxis ist, dem Verurteilten als letztes Mahl alles zu gewähren, was er wünscht, wenn es nur irgendwie erreichbar ist. Häftling Nr. 77681 wählte eine Ente, eine Büchse Schoten, Oliven in brauner Sauce, dazu Pilze, 4 Scheiben Brot, gekochten Reis, Tomatensalat, Erdbeertorte, eine Portion Vanilleeis und einige gute Zigarren.

Grand Hotel Garibaldi

Ich kannte den Toten. Er war Aniello Sidara, der Padrone jenes *Grand Hotels Garibaldi*, in dem man mich eingemietet hatte, um in aller Ruhe meinen Studien nachgehen zu können. Bis dahin war mein Leben als pensionierter Notar wohl geordnet und gut organisiert gewesen. Größere Veränderungen waren nicht mehr vorgesehen. Ich habe immer eher zurückgezogen gelebt, denn ich hatte keinen Spaß am Gesellschaftsleben. Vermutlich hielt mich mancher deshalb für einen Sonderling und glaubte, meine Tage seien eintönig, gleichförmig und langweilig wie meine Cordhosen, Strickwesten und Tweed-Anzüge. Aber solche Äußerlichkeiten waren mir nie wichtig. Auch Bequemlichkeit ist eine Art von Glück. Ich habe mein Dasein nach meinem Gutdünken eingerichtet und meinen wissenschaftlichen Interessen, dem Lesen und meinen Träumen den Vorrang gegeben. Ich führte ein reiches Innenleben. Möglicherweise hat mich das in den Augen anderer arrogant und überheblich erscheinen lassen, und in der Tat fühlte ich mich bisweilen privilegiert, wenn ich an meine Nachbarn dachte. Meine Bücherwände waren mir zu Festungsmauern geworden, mein Arbeitszimmer zum Mittelpunkt des Hauses und zum Lebensraum. Hier unter den Manuskripten, Aufzeichnungen, Notizbüchern und Bildern, den verstreut herumliegenden Büchern mit ihren eingelegten Zetteln und Unterstreichungen, stand auch mein Bett. Doch dann kam eines schönen Tages der ehrenvolle Auftrag der *Silenziosi-Stiftung für europäische Kultur- und Rechtsgeschichte*, Ursprung und Geschichte der Henkersmahlzeit zu erforschen. Einerseits war dies ein wunderbares Thema für einen pensionierten Juristen mit viel Freizeit, anderseits hatte ich von dieser geheimnisvollen Stiftung noch nie etwas gehört und auch keine Angaben über sie im Internet gefunden. Das hätte mich stutzig machen müssen, doch ich machte mir weiter keine Gedanken, denn ich betrachtete das Ansinnen als ein Angebot, das ich nicht ablehnen konnte, zumal damit ein großzügig dotierter Aufenthalt in einem Grand Hotel namens *Garibaldi* verbunden war. Dort, wo ich mich an die Arbeit machen sollte, war bereits ein Appartement auf meinen Namen reserviert. Je großzügiger ein Angebot ist, desto naiver verhält sich der glückliche Gewinner.

Aber was hat die Henkersmahlzeit mit der Mafia zu tun?

Zu den Gründungsmythen der Mafia gehören die Vergewaltigungen sizilianischer Frauen durch die französische Armee. Es heißt, die sizilianischen Männer hätten mit dem aufgeklappten Messer in der Hosentasche stillgehalten, geschwiegen und auf Rache gesonnen. Als sie sich schließlich vereinigten und aus dem Hinterhalt zuschlugen, schnitten sie den französischen Besatzern die Geschlechtsteile ab und stopften sie ihnen in den Mund: als Henkersmahlzeit.

Um meinen Studien nachzugehen, war ich gezwungen, auf Recherchereise zu gehen und mein Häuschen am Stadtrand von München für eine gewisse Zeit zu verlassen. Danach würde ich mit einem Koffer voller Bücher ins Allgäu fahren. Dort kannte ich mich aus, denn dort bin ich geboren.

Bad Thulsern liegt am Ostufer eines malerischen Alpensees, der sich aus verschiedenen durch die Stadt fließenden Achen speist, umgeben von Gebirgsketten mit Almen, Skipisten und Seilbahnen. Seit der

Stadterhebung im 14. Jahrhundert hatte die Stadt Marktrecht und war Sitz eines Gerichts, sie erhob Brückenzölle und kontrollierte den Handel der Salzwege, was zu wirtschaftlichem Wohlstand führte. Hinzu kam der blühende Handel mit Leinwand. Der Anschluss an die Eisenbahnstrecke trug erheblich zur Steigerung der Bedeutung von Bad Thulsern bei. Mit der Erbauung einer feinmechanischen Fabrik für Messgeräte hielt die Industrie ihren Einzug. Heute beliefert dieser Betrieb die NASA. Schon kurz vor 1900 verfügte die Stadt über ein öffentliches Telefonnetz. 1915, ein Jahr nach Beginn des Ersten Weltkriegs, wurde der Ort Garnisonsstadt. Am 22. Februar 1945 flog die amerikanische Luftwaffe einen Angriff auf die Stadt, um den Eisenbahnverkehr auf längere Zeit zu unterbinden. Das große Hochwasser an Pfingsten des Jahres 1975 sorgte erneut für große Zerstörung. Aber die Stadt erholte sich rasch, schuf neue Grünanlagen, baute Sportstätten, sorgte für ein reges Kulturleben, aus dem vor allem die alljährliche Viehscheid herausragt. Dabei werden im Herbst Hunderte festlich geschmückte Rinder von den Alpen zurück ins Tal getrieben und kommen zu ihren Bauern zurück.

Seit der Nazi-Erfindung *Kraft durch Freude* hat sich in dieser Region der Tourismus entwickelt, der sich besonders im Winter aufgrund der schneesicheren Lage wachsender Beliebtheit erfreut. Adolf Hitler hat 1935 das Prädikat „Heilklimatischer Kurort" verliehen und aus Thulsern das heutige Bad Thulsern gemacht. Es wurde von Amts wegen festgestellt, dass der durch die Stadt fließende Fluss Thulsern, der ihr auch ihren Namen gegeben hat, besonders heilsame Mineralien enthielt. Im Jahre 2000 erhielt Bad Thulsern das *Qualitätssiegel für Allergikerfreundlichkeit* von der Europäischen Stiftung für Allergieforschung.

Heute zählt es mit rund 35 Pisten-Kilometern zu einem der größten Skigebiete in Deutschland. Mittlerweile stehen mehr als 3.000 Gästebetten zur Verfügung, und zuletzt wurden jährlich an die 300.000 Übernachtungen gezählt. Allerdings ist die Passstraße über das Vorgebirge aus Witterungsgründen bisweilen gesperrt, was regelmäßig insbesondere beim Bürgermeister zu einer gewissen Verärgerung führt. Bei der letzten Landtagswahl erzielte die CSU beinahe ihr landesweit bestes Ergebnis, weswegen Bad Thulsern auch als „das letzte Paradies der CSU" gilt. Der imposante Hausberg ist seit Jahren ein politischer Zankapfel, weil dort inmitten eines Naturschutzgebietes eine gewaltige Skischaukel gebaut werden sollte. Nachdem der Ministerpräsident die

Pläne jedoch wieder begrub, wurde der Stadt ein millionenteures „Zentrum Naturerlebnis Alpin" versprochen. Überdies soll der öffentliche Personennahverkehr durch Buslinien ausgebaut und auch die kleinen Skigebiete rund um das Großhorn modernisiert werden. Von einem schnellen Internetanschluss ganz zu schweigen. Dennoch würde auch weiterhin der abgestandene Geruch des Kleinstädtischen über den Häusern liegen und durch die Straßen wehen, in denen sich die Leute begrüßten und zu einem Schwatz stehen blieben, weil hier jeder jeden kannte und ein Recht zu haben glaubte, diese Gnadenlosigkeit ausleben zu dürfen. So satt und bräsig wie die Menschen hier waren, würden sie auch weiterhin bei jedem Nachbarn nach seiner Schwachstelle suchen und dort ansetzen, wo die Wände am dünnsten waren.

Ich kannte diese Stadt seit meiner Kindheit. Damals war sie hübsch, gemütlich und überschaubar. Jetzt war sie hässlich geworden mit ihren Protzbauten, mit ihren Geschäften und Reklameschildern, mit ihrer trostlosen Architektur und ihrer hirnlosen Planung, die ins Nirgendwo lief und nur noch dem Lockruf des schnellen Geldes folgte. Aus einem Kindheitstraum war ein Albtraum geworden. Ich fragte mich, wie die Einheimischen es zulassen konnten, derart Schindluder zu treiben mit dem, was einmal ihre Geschichte gewesen war.

Meine Anreise verlief problemlos. Ich verließ den Starnberger Flügelbahnhof in München mit dem *Alex* kurz nach neun Uhr und kam gegen halb zwölf Uhr im Allgäu an, wo mich am Zielbahnhof bereits ein Shuttlebus erwartete. Er gehörte zum Service des *Grand Hotels Garibaldi*. Das Hotel war mit fünf Sternen klassifiziert und versprach all jenen Luxus und jene Entspannung, die der anspruchsvolle Feriengast beanspruchen darf. Man hatte mir ein Appartement im obersten Stockwerk gebucht und ich muss gestehen, dass die Räumlichkeiten meine Erwartungen noch übertrafen. Äußerlich war das Haus zwar dem toskanischen Landhausstil angepasst, innen jedoch konnte es, was Ausstattung und Angebot betraf, mit jedem Grand Hotel einer europäischen Metropole konkurrieren. Einzig störend war das Gedudel aus dem Lautsprecher im Lift und auf den Fluren, das in einer Endlosschleife Schnulzen aus italienischen Opern wiederholte, Verdis Gefangenenchor aus *Nabucco*, Puccini, Rossini, Mascagni, Leoncavallo, Tosca, Rigoletto, Aida, Cavalleria rusticana … immer wieder: ohne Ende. Der Padrone, hieß es, sei ein großer Freund der italienischen Oper! Alle in diesem Haus seien Freunde und Bewunderer der italienischen Oper. Kitsch ist die kleine Schwester von Luxus. Meine Beschwerde blieb erfolglos, ich wurde stattdessen in aller Freundlichkeit darauf hingewiesen, dass ich mich schließlich im *Grand Hotel Garibaldi* befand. Garibaldi! *Capisce!*

Im Handumdrehen hatte ich mich eingerichtet, meine Kleidung und meine mitgebrachten Bücher verstaut, ich begann mich wohlzufühlen. Nicht wenig trug dazu das italienische Flair des Hauses bei, geprägt von einem über alles mit Argusaugen wachenden Padrone, der sämtliche Klischees, die man für einen italienischen Gastwirt aufhäufeln kann, aufs Angenehmste bestätigte. Da war jene souveräne Jovialität, die den Umgang mit höchsten Kreisen aus Wirtschaft, Kunst und Politik gewohnt war, da war diese stets gut gelaunte Gastfreundschaft, da war aber auch die Strenge eines *padre padrone*, die von einer herzlichen Großzügigkeit und Gelassenheit ausgeglichen wurde.

Schon von der ersten Begegnung an hatte ich diesen Bilderbuchitaliener Aniello Sidara ins Herz geschlossen, zumal er mir sofort wortreich seinen Vornamen erläuterte und auf das Osterlamm ebenso Bezug nahm wie auf *anello*, den kleinen Ring. Der Name passte durchaus zu dem feinen Italiener, der mir gegenübersaß: ein mit dem

Leben versöhnter älterer Herr, vielseitig interessiert, vor allem aber an Kunst und Architektur, mit einem Faible für repräsentative Bauten und Grand Hotels alten Stils, aber auch für Literatur und edle Grafiken. Die *Carceri* des Piranesi waren seine Passion. Aniello Sidara hatte den langen und steinigen Aufstieg zum Nobelitaliener geschafft. Seine Integration war eine einzige Erfolgsstory: samt blonder deutscher Frau, die er mit Bedacht ausgesucht hatte, nicht aber nach dem Casting-Prinzip der Besetzung einer Nebenrolle. Sie wurde mir kurz vorgestellt, doch ihre kühle Reaktion zeigte mir von der ersten Sekunde an, dass nicht einmal ein unverbindlicher und harmloser Flirt möglich war. Sie war ebenso höflich wie distanziert. Dabei sah sie hervorragend aus und war perfekt gestylt. Sie hatte schmale knochige Schultern, das professionelle Lächeln einer Chefstewardess und die „aufreizende Selbstsicherheit einer Frauenrechtlerin" (wie es einmal bei Simenon heißt), aber ihre smaragdenen Augen blieben kalt und machten jedermann klar, dass wir zwar nur einen höflichen Meter auseinanderstanden, die Entfernung in Wirklichkeit aber im Bereich der Unerreichbarkeit lag. Mir fiel ein Vers aus meiner Kindheit ein: „Grüne Augen: Froschnatur. Von der Liebe keine Spur." Natürlich durfte ich das nur denken.

Ob die Gerüchte auf Tatsachen beruhen oder nicht, vermag ich nicht zu beurteilen, denn ich habe das, was ich jetzt erzähle, größtenteils aus dem Mund des erschossenen Hotelpatrons. Signore Aniello Sidara hat mir alles bei einigen Gläsern rotem *Cirò* während meines Arbeitsaufenthaltes in seinem noblen Haus nach und nach erzählt. Warum er das getan hat, ist mir erst später klar geworden.

Deutlich spürbar war zunächst sein Bestreben, sich bei einem Professore, wie er gern und oft betonte, ein wenig wichtig zu machen, mit seinem Wissen auf durchaus sympathische Weise zu prahlen und zugleich vehement abzustreiten, er selbst sei in irgendwelche kriminellen Machenschaften verwickelt. Deshalb auch betonte er bei jeder sich bietenden Gelegenheit, er halte die Pläne, Südtirol, immerhin die reichste Region Italiens, wieder Österreich anzugliedern, für lächerlich und historisch längst überholt. Wer so denke, der befinde sich im 19. Jahrhundert und träume immer noch den Traum von Andreas Hofer. Außerdem wolle er nichts mit den Rechtsradikalen und Ewiggestrigen zu tun haben. Politik habe ihn noch nie interessiert. Auch die Bezeichnung *Sudtirolo* halte er für Unsinn. Im Vertrag von Saint Germain sei 1919 der südliche Teil Tirols dem Kriegsverlierer Österreich weggenommen und Italien zugeschlagen worden. Basta.

Seine Welt jedoch sei sein Hotel. Er habe sich vom kleinen Pizzabäcker und Gelaterienkellner mühsam hochgearbeitet und könne jetzt stolz auf sein Lebenswerk zeigen. Man müsse immer nach Höherem streben, denn schließlich wolle keiner mit abgesägten Hosen vor seinen Schöpfer treten, selbst wenn die Schuhe aus Eidechsenleder wären. Er habe eine deutsche Frau geheiratet, schön und blond, wie sie sich ein Italiener von den Heiligen erfleht, eine Madonna, die er kennengelernt habe, als er seinen ersten Kredit bei der Deutschen Bank beantragt habe, die damals noch einen großen und unbefleckten Namen gehabt habe. Seine beiden Kinder hätten studiert und stünden mitten im Leben: die Tochter als Ärztin, der Sohn als Rechtsanwalt, bald mit eigener Kanzlei. Auf diese Weise verfüge er über eine hauseigene Dottoressa. Sein Sohn? Ein sizilianisches Sprichwort besage: „Ein Anwalt mit seiner Aktentasche kann mehr stehlen als hundert Männer mit Pistolen." Was wolle ein italienischer Vater mehr? So ein Glück sei nicht einmal den meisten deutschen Familienvätern beschieden. Diese Kinder seien sein ganzer Stolz. An ihnen könne er erkennen, dass es sich gelohnt habe, sich mühsam von ganz unten hochzuarbeiten. Die ersten Akademiker in seiner Familie, erzogen nach den alten Regeln von Gehorsam, Respekt und Verschwiegenheit. Schau, das ist meine Tochter, sagte er und zeigte mir auf seinem Handy ein Foto: *Una bellezza!* Ich sah eine ebenso hübsche wie energisch dreinblickende Blondine Anfang dreißig, die den sicheren Eindruck machte, als wisse sie genau, was sie wolle. Widerspruch zwecklos.

Ihrer Initiative verdanke er den Erweiterungsbau des Grand Hotels, das spirituelle Zentrum mit alternativen Heilmethoden, Alpin-Lodge und Spa. Dort laufe man auf Kuhfellen und esse von Tischen aus Baumstämmen. Über allem throne eine lebensgroße Buddha-Statue. Hier gebe es Meditations-, Kraft- und Energie-Kurse, energetische Wanderungen zu typisch Allgäuer Kraftorten, Meridian-Balance und Druidenkurse. Seine Tochter habe herausgefunden, dass man damit gutes Geld verdienen konnte. Sie sei eben ein cleveres Mädchen, verstehe etwas von Kräutern und Heilkieselsteinen, Yoga und Ayurveda, sie könne Verbindungen herstellen zu Feen und unerlösten Seelen, verstehe sich auf Energieschwingungen, Mentalformationen, Vitalfelder, das Entziffern von Runen und habe den „Seelenraum Allgäu" geschäftsmäßig erschlossen. Ein Wochenende mit Traumdeuten koste an die 2.000 Euro pro Person. Zulauf komme besonders aus Managerkreisen. Diese Kontakte wiederum seien für das Syndikat von Interesse, denn viele Wirtschaftsbosse wurden bei der Kur im Heuschober und der Ganzkörperpackung mit Heilerde gesprächig und gaben Dinge preis, über die sie im Berufsleben schwiegen. Nackte Männer reden gern, und Insiderinformationen sind bei Geschäftsverhandlungen die halbe Miete. Die Baukosten für die Anlage habe sein Mädchen, wie der Padrone sagte, bereits so gut wie vollständig hereingewirtschaftet. Der Doktortitel und ihr fabelhaftes Aussehen trügen ein Übriges dazu bei. Ärzte könne man immer mal gebrauchen: ein Gutachten hier und ein Attest dort, ein schnelles Rezept ... Sollte ihm seine Tochter einst einen Enkel schenken, so werde sie zur Geburt selbstverständlich nach Campodivespe reisen, denn eine Sidara müsse in der Heimat niederkommen. Sollte der Vater ein Italiener sein, was Gott gebe, Arzt oder Anwalt, wäre sein Glück perfekt. Aber noch ziere sich sein Mädchen, obgleich sie wisse, dass die biologische Uhr ticke.

Ja, auch er habe sein Lebtag hart gearbeitet. Heute sei er ein ehrbarer Bürger, besuche den Gottesdienst und wähle konservativ. Die Linken und die Grünen schätze er nur, weil sie jederzeit bereit seien, für seine Interessen und gegen Ausländerfeindlichkeit auf die Barrikaden zu gehen. Nein, für nichts sei er sich zu schade gewesen. Er habe auch Drecksarbeit erledigt, denn Arbeit schände nicht. Gewiss, es habe immer wieder Gerede gegeben, woher er so viel Geld habe, denn so eine Gelateria, mit der er angefangen habe, werfe doch keine Millionen ab. Hauptsache sei jedoch, dass die Bank Vertrauen zu ihm gehabt habe, als er dem Vorstand erklärte, sein Onkel in Campodivespe, einem kleinen Städtchen etwa fünfzig Kilometer nordöstlich von Reggio Calabria, habe ihm, da seine Ehe kinderlos geblieben sei, sein gesamtes Vermögen vermacht, das er in 83 Jahren beim Straßenbau in Kalabrien nach und nach erworben und mühsam zusammengespart habe. Er sei schon immer der Lieblingsneffe seines Onkels gewesen und habe bereits als Schüler in den großen Sommerferien viel von seinem Verwandten und den Bauarbeitern abgeschaut: Wissen, das man in der Kindheit erwerbe, bleibe einem bis ins hohe Alter gegenwärtig. Und Vertrauen müsse man haben, denn wer nicht genug Vertrauen habe, dem werde man auch nicht vertrauen. So sage es schon Lao-Tse im Tao-Te-King. Der Padrone war gebildet! Aber er wusste auch, was man in seiner Heimat sagt:

Fidarsi è buono, non fidarsi è meglio. „Vertrauen ist gut, besser ist es, nicht zu vertrauen." Selbstverständlich stehe er bei der Bank tief in der Kreide und habe nicht nur einen Kredit aufnehmen müssen, denn das Erbe des Onkels sei so hoch auch wieder nicht gewesen. Aber er, Aniello Sidara, sei im Laufe der Jahre all seinen Verbindlichkeiten nachgekommen und habe sie durch seiner Hände Arbeit, Fleiß und Geschick, seiner braven Ehefrau und nicht zuletzt dank Gottes Hilfe getilgt. In Campodivespe brenne deshalb eine Kerze auf dem Hochaltar der Pfarrkirche, die nie erlösche. Dafür habe er gesorgt. Naturgemäß sei sein Konto noch immer in den roten Zahlen, aber die Bank wisse, dass er ein zuverlässiger Schuldner sei, der zu seinem Ehrenwort stehe. Nicht selten bezahle er einen Teil seiner Schuld bar. So wasche man Euros.

Da Nachsaison ist, hat Aniello Sidara jeden Abend viel Zeit für mich. Er fragt, was ich am Tag unternommen habe, will genau wissen, welche Wege ich gegangen bin und ob mir etwas aufgefallen ist, er interessiert sich für den Allgäuer Johann Konrad Dorner und hört sich geduldig meine Ausführungen über die Nazarener an. Immer wieder nickt er beifällig mit dem Kopf. Der Wein, den wir beide verzehren, geht auf Kosten des Hauses. Dabei handelt es sich um einen Tropfen, der nicht auf der Karte steht, sondern den er eigens aus dem Privatkeller holen lässt.

Nach einer Woche fühle ich mich adoptiert. Hinten in seiner Privatecke in der Hotellobby, die der Padrone seine *cripta* nennt, schwärme ich ihm unter dem Bild der Madonna von Polsi von Cataldo Sidara vor, dem berühmten italienischen Arzt und Poeten, geboren und gestorben in Campodivespe. Ich zitiere sein Testament, das er neben sein Sterbebett gelegt hat: *Vi prego di non seppellirmi vivo.* „Ich bitte euch, mich nicht lebendig zu begraben."

Damit ist das Eis ist gebrochen.

Wer Cataldo Sidara nicht gelesen hat, kann Italien nicht verstehen, ruft der Padrone emphatisch.

Wer Don Cataldo kenne, der könne, ja der müsse sein Bruder sein, jubelt Aniello Sidara.

Wir trinken Brüderschaft, und Aniello sagt zu mir: Wenn du eines Tages einmal Probleme haben solltest, sprichst du mit niemandem darüber, sondern du rufst mich an. Mich, verstehst du? Ich habe da ein paar Freunde! Eines verspreche, nein, schwöre ich dir: Künftig werde ich meine Geschäfte über dein Notariat abwickeln. Du wirst mein Consigliere. Du hast alle Voraussetzungen: Du bist Professore, ein Mann von Ehre, ein hochqualifizierter Jurist, du kannst Italienisch, verstehst sogar unsere Dialekte, warst mit einer Italienerin verheiratet, liebst Campodivespe, liebst Italien, bist mein Bruder ... *Perfetto, perfettissimo.* Ich garantiere dir juristisch hochinteressante Fälle, weitaus spannender als die Beurkundung von Kleinkram, ich garantiere dir ein Gehalt, von dem andere nur träumen, und ich garantiere dir, dass dir keiner ein Haar krümmen wird. Consiglieri sind in unserer Famiglia tabu, denn sie sind niemals am operativen Geschäft beteiligt. Im Gegenteil, oft sind sie die Friedensrichter, die interne Streitigkeiten beilegen. Du trägst grauen Flanell von Brioni, schlägst die Treffpunkte vor: Wellness Hotel statt Billig-Puff, Edel-Sauna statt Kantine. Du wirst zu jeder Hochzeit, zu jedem Geburtstag, zu jedem Weihnachtsfest als Ehrengast eingeladen. Du triffst dich mit der Gegenpartei nicht erst vor Gericht, weil deine Aufgabe darin besteht, vorab zu überlegen, wo die Risiken liegen. Du bist Ratgeber und hast eine Spezialkanzlei mit einem einzigen Mandanten. Nein, mein Sohn ist dafür noch zu jung. Er muss erst in die Geschäfte hineinwachsen und Erfahrungen sammeln, die du bereits hast. Natürlich habe ich mich über dich informiert, ich weiß alles. Es sollte dich also nicht wundern, wenn ich dir sogar sagen kann, wann du welche Tabletten nimmst und in welcher Dosierung. Notfalls sage ich dir, welche Farbe zu Hause dein Toilettenpapier hat. Du hast also nicht den Hauch einer Chance dagegen. Keine Widerrede: Ich nehme dich hiermit unter den Eid. Auf den Tropfen Blut und das Heiligenbildchen verzichten wir, denn wir sitzen bereits unter dem Bildnis der Madonna von Polsi. Und wir werden zur Beschlussfassung eine weitere Flasche vom feinsten Roten zu Rate ziehen. Große Entscheidungen müssen vor guten Flaschen getroffen werden. Gib mir die Hand: *Io sono un galantuomo.*

Sein Händedruck war wie ein Schraubstock. Um seinen Mund spielte behagliches Gönnertum, die Wangen waren ein wenig erhitzt und zeigten die blau-roten Äderchen des Rotweinliebhabers, nur die Augen schwammen ein wenig unruhig lauernd. Mir war der Sinn dieses Rituals klar: Man wird lebend aufgenommen und nur tot entlassen. Ich kam mir vor wie ein kleiner Ball an einem Gummiband: Je weiter ich weg-fliegen wollte, desto schneller kam ich wieder zurück.

Du bist Notar, mein Freund. Ausgebildeter Jurist mit der Befähigung zum Richteramt. Notar ist ein feiner Beruf. Man richtet nicht und rechtet nicht, sondern beurkundet und beglaubigt. Die Gesetze schreiben die anderen, die dann von Rechtsgelehrten angewandt oder angezweifelt werden. So ernährt sich das Rechtssystem auf wundersame Weise selbst. Das kann sich hochschaukeln bis zum obersten Gericht, in dem aber letztlich nicht die Richter das Sagen haben, sondern diejenigen, die sie zu solchen bestimmen. Wer aber überhaupt in diese Position kommt, das entscheiden nicht die Wähler, wie allgemein angenommen, sondern das liegt in der Hand von Leuten wie unserer Firma. Ein feines Geschäft ist das allemal, und unsere Firma wird so lange gute Geschäfte machen, so lange uns die Rechtsgelehrten zeigen, was alles möglich ist.

Dazu lächelt er ebenso charmant wie vielsagend, während mir gleichzeitig kalt und heiß wird.

Ich versuche sofort abzuwimmeln, heftig und lauthals abzulehnen, es für einen schlechten Scherz zu erklären, ich schiebe diesen Gedanken in meinem Gehirn ganz schnell in die hinterste Kammer zu den anderen Geheimnissen, die keinen etwas angehen. An die Folgen will ich gar nicht erst denken. Schon sehe ich die Schlagzeilen: Pensionierter Münchner Notar als Anwalt der Mafia. Da kann ich mir gleich die Kugel geben. Ich wusste, dass ich mindestens zwei Nächte, wahrscheinlich aber den Rest meines Lebens schlecht schlafen würde.

Aber Aniello wischt alles mit einer Handbewegung beiseite, schenkt nach, wir trinken, er schenkt erneut nach. Irgendwann spreche ich ihm mit schwerer Zunge die Eidesformel nach. Ich erinnere mich nur an etwas wie Stille der Nacht unter dem Licht der Sterne und dem Glanz des Mondes, an die Namen von Garibaldi, Mazzini und La Marmora, an etwas mit einer heiligen Kette sowie an ein Gelöbnis der Treue, der Ehre und des Schweigens: *Buon vespero e santa sera ai santisti.*

Weil er gerade in Laune ist, erzählt mir Aniello die Geschichte des jungen Anwalts, der nach Campodivespe kam, eine Kanzlei eröffnete und vergeblich auf Klienten wartete. Niemand wollte zu ihm kommen, und er fing schon an, trübsinnig zu werden. In seiner Verzweiflung klagte er eines Abends an der Bar der Witwe Bordoni sein Leid: Die alte Frau klopfte ihm auf die Schulter, versicherte ihm, das werde schon und schickte ihn mit einem kleinen Brieflein zu einem Bauunternehmer in Reggio. Auf dem Kärtchen stand nur: „Dieser Anwalt ist mein Freund." Seither kann er sich kaum retten vor Arbeit.

Dann zeigt mir mein neuer Bruder Aniello wie zum Beweis das überquellende, großformatige, in Leder gebundene Gästebuch. Darin wimmelt es von Fotos:

Aniello mit Lokalpolitikern, Aniello mit Ministern, Aniello mit bekannten Sportlern, eine Abteilung Wintersport, eine Abteilung Fußball, eine Abteilung Funktionäre. Aniello mit Größen aus der Mode, Aniello mit Models, bekannt aus den einschlägigen Illustrierten, Aniello mit Fernsehstars, Aniello mit Größen des internationalen Films, Aniello mit Dirigenten, Aniello mit Tenören, Aniello mit Primadonnen … Alles Aniellos Gäste, sagt er stolz und zeigt auf das Widmungsfoto einer sattsam bekannten Politikerin des Deutschen Bundestages, ebenso hochrangig wie schrill, die sich an einem freien Wochenende gern einmal mit ihren gut gebauten türkischen Freunden zum bilateralen Gedankenaustausch treffe. Komm mit, Aniello zeigt dir seine Privatbibliothek, den Ort, an dem er immer nach seinen Niederlagen landet und der wahrscheinlich zuerst von seinen Erben verscherbelt werden wird.

Bisweilen sprach Aniello von sich in der dritten Person und redete, als läse er aus einem Illustriertenartikel über sich vor. So war es auch, als er erzählte, wie ihm einst der Bürgermeister von Bad Thulsern symbolisch die Schlüssel der Stadt übergeben habe, weil er einen der erfolgreichsten Werbefilme über das Allgäu finanziert hatte, der in der ganzen Welt verbreitet wurde. Dabei hatte ich längst aufgesperrt, fügte Aniello grinsend hinzu. Der Bürgermeister wusste genau, welcher Ehrenmann ihm bei seinem Wahlkampf eine großzügige Spende zukommen ließ.

Er hatte es geschafft. Die Bunte und Gala brachten Fotos von ihm und den Reichen und Schönen, er kam in den Gesellschaftsnachrichten der Abendzeitung vor. Aniello kannte sie alle, für die er, wenn sie ihn in seinem Hotel besuchten, auch immer ein wenig Gras der Extraklasse oder ein paar kleine bunte Pillchen versteckt hatte: wie Ostereier für die Kinder, verstehst du? Die Reichen stehen unter dem Druck, immer noch reicher werden zu müssen. Dieses Wissen gehört zu einem erfolgreichen Geschäftsmann.

Mit dem Geld sei es ganz einfach, sagte Aniello. Je mehr es wird, desto dynamischer wird sein Eigenleben. Diese sich selbst beschleunigende Macht lässt sich kaum noch kontrollieren. Der Durchschnittsbürger ist müde und verunsichert. Er hat Angst und kann sich seine Ideale eigentlich gar nicht leisten. Und weil das so ist, geht die Moral flöten. Deshalb ist er froh, wenn er wenigstens eine hübsche Schleife für die Mogelpackungen bekommt, auf die er ständig gern hereinfällt. Angst öffnet bekanntlich Geldbörsen.

Als ich herausfinden wollte, wie er das machte, sagte er nur, während der Regen hart gegen die Fensterscheiben schlug, er liebe die Menschen, und er sei stolz darauf, ein wertvolles Mitglied dieser Gesellschaft zu sein. Denn wenn er das nicht wäre, dann würden ihn all diese Prominenten doch meiden, oder? *Gente chi conta* – Leute, auf die es ankommt, du verstehst. Die übernachten bei mir gratis, und für ihre Geburtstags- und Hochzeitsgesellschaften verlange ich nichts. Was hätte ich davon, wenn ich sie alle vor Gericht wiedersehen und am Ende als gesetzestreuer Staatsbürger auch noch gegen sie aussagen müsste?

Nach der Familie seien Freunde das Wichtigste in seinem Leben. Außerdem: gute Laune. Immer schon gewesen. Und nie vergessen: *sempre bella figura*.

Schließlich zeigte sein Finger auf das Bild der Madonna, unter dem er saß. Das ist die Madonna von Polsi, sagte er. Bei ihr treffen wir uns jedes Jahr zu ihrem Fest am 2. September. Wir sind eine einzige große Familie, verstreut über die ganze Erde. Meine Verwandten kommen aus Toronto in Kanada und aus Adelaide im Süden Australiens, aus La Paz und aus Medellín. Dann beten wir, tauschen nach dem Rosenkranz unsere Erinnerungen aus, knüpfen Geschäftsverbindungen. Man redet von Mann zu Mann, von

Mensch zu Mensch. Es gibt keinen Streit, denn die Madonna ist heilig, und sie trocknet alle Tränen der Trauer, der Wut und des Heimwehs. Die Madonna erhört uns alle. Deshalb schicken unsere Töchter der Madonna von Polsi auch ihre Brautkleider und beten um ein glückliches Leben.

Das ist viel mehr als alles, was du in Altötting sehen kannst, obwohl es auch dort eine Madonna gibt. Unsere Madonna ist stärker. In ihrem Angesicht beichten wir unsere kleinen und größeren Sünden. Und allen wird vergeben. Die Menschen suchen Werte, sie brauchen Werte. Und ich, mein Freund, bin ein *uomo d'onore*. Um das zu beweisen, muss ich nicht extra wie mein kalabresischer Landsmann Pelle aus Duisburg ein Buch schreiben. Die Ehre eines Mannes ist noch nie mit einem Buch bewiesen worden, sondern nur durch das Leben selbst, das er führt vor Gott und den Mitmenschen.

Das gilt auch für das Führen der Mitarbeiter. Mein Lieber, sagte Aniello Sidara zu mir und legte mir die Hand um die Schulter, ich werde dir jetzt eine Lektion erteilen, wie die Ehrenwerte Gesellschaft vorgeht. Es geht dabei um Kriegsführung, ja, du hast richtig verstanden, um Krieg, denn der Frieden ist für unsere Sache geschäftsschädigend: immer vorausgesetzt, der

Krieg wird lautlos geführt. Da ich an meinen freien Abenden gern mal zu einem guten Buch greife, stieß ich eines Tages auf ein schmales Reclam-Heftchen mit dem seltsamen Titel *Kunst des Krieges*, geschrieben von einem Chinesen vor gut 2.000 Jahren. Zu meiner Überraschung fand ich dort Ausführungen, die sich eins zu eins auf die Praxis der Famiglia übertragen ließen. Besonders das Kapitel zum *Gebrauch von Spionen* hatte es mir angetan. Es beginnt mit der grundsätzlichen Überlegung, dass vor jeder Unternehmung ein umfassendes Wissen über Stärken und Schwächen des Gegners unerlässlich ist. Dieses Wissen könne man nur mit der Hilfe von Männern erlangen, die wirklich genau über die Verhältnisse beim Gegner Bescheid wissen. Der Chinese schreibt über fünf Arten von Spionen. Er unterscheidet heimatliche Spione, interne Spione, umgedrehte und todgeweihte sowie überlebende Spione, die alle nicht über ihre getrennten Wege Bescheid wissen, aber, zusammengenommen, ein undurchschaubares Netzwerk bilden. Was die sogenannten todgeweihten Spione angeht, mein lieber Freund, so konstruiert man eine falsche Gegebenheit und lässt diese durchsickern, sodass dieser Spion darüber Bescheid weiß, worauf er die von ihm für richtig gehaltene Gegebenheit dem Feind mitteilt, der darauf reagiert und eine Aktion unternimmt, die prompt scheitert und ihm empfindliche Verluste beibringt. Die logische Konsequenz daraus ist, dass er den Spion für schuldig erachtet, hinrichtet und in Säure auflöst, sodass es keine Leiche und keinerlei Spuren gibt: *lupara bianca*.

Eines darf bei all diesen strategischen Überlegungen nicht übersehen werden: Es sollte niemanden geben, der großzügiger abgefunden wird als unsere „Spione". Ohne außerordentliche Gratifikationen, besonders, was die umgedrehten Spione betrifft, machen diese nämlich keinen Finger krumm, oder sie lassen sich vom Gegner bezahlen, wenn man zu knausrig ist. Wer nicht über die entsprechende Güte oder Verlässlichkeit verfügt, kurz, wer kein Ehrenmann ist, dem werden die Mitarbeiter niemals vertrauen. Man braucht dazu große Menschenkenntnis und Sensibilität, kurz: Führungsqualitäten, die auch allein deshalb notwendig sind, um bei dem, was einem die Mitarbeiter zutragen, genau zwischen Wahrheit und Lüge unterscheiden zu können. Über jeden Mann, den man töten lässt, muss man unbedingt umfassend Bescheid wissen und besonders seine Familienverhältnisse kennen. Schließlich ist man kein Unmensch, und bei der Versorgung der Hinterbliebenen darf man sich nicht lumpen lassen. Man sollte immer darauf achten, dass einen die Witwe in ihr Nachtgebet einschließt.

Sag mir, Professore, was ist der Mensch ohne Regeln, ohne Moral? Ein Blatt im Wind, sagte der Padrone und seufzte theatralisch. Wir glauben an die Gebote der Kirche, fuhr er nach einer Kunstpause fort, wir ehren Vater und Mutter, die Ehe ist uns heilig, und wir legen kein falsches Zeugnis ab wider unseren Nächsten. Entweder sagen wir die Wahrheit, oder wir schweigen. Es geht schließlich um *rispetto*, verstehst du? Du wirst keinen unter uns finden, mein Freund, der nicht tief religiös wäre. Deshalb auch unterstützen wir die Armen und Notleidenden, spenden großzügig für das Taufbecken in Campodivespe, eine neue Orgel oder die Renovierung des Kirchendaches, wir sorgen für eine Fußbodenheizung und neue Marmorfliesen, für festliche Fronleichnamsprozessionen, und wir statten den Kindergarten jährlich mit neuen Spielsachen aus. Wir lassen unsere Großzügigkeit immer so aussehen, als komme sie direkt aus dem Herzen. Deshalb engagiere ich mich auch ganz besonders für Radio Sant'Angelo. Es kann nur von Vorteil sein, ein derartiges Medium auf seiner Seite zu wissen.

„Die Mafia hat sich ihren Weg in den Vatikan nicht freigeschossen. Sie wurde schon 1971 eingeladen, die Finanzen der katholischen Kirche zu beaufsichtigen", berichtet mein italienischer Kollege Louis Ferrante.

Aus dem Sammelordner

Im Neuen Pitaval, Bd. 2 *steht folgende Rechnung für die letzten drei Gerichtstage eines Delinquenten:*

Sonntags

    Für einen kälbernen Rücken, 4 Pfd. schwer samt dem Einmachen: 28 Kr.

    6 Pfd. Schweinsbraten: 36 Kr.

    Eine Schüssel Salat mit Eiern: 6 Kr.

    6 Semmeln à 1 Kr.: 6 Kr.

    1 ½ Maß Wein à 32 Kr.: 48 Kr.

Montags

    3 Gebratene Tauben oder 2 Hühner: 30 Kr.

    6 Semmeln à 1 Kr.: 6 Kr.

    1 ½ Maß Wein à 32 Kr.: 48 Kr.

Dienstags

    Früh vor Eierschmalz, Bratwurst, Weinsuppe und Semmeln zusammen: 45 Kr.

Radio Sant'Angelo

Was sich hinter Radio Sant'Angelo, kurz: RSA, verbarg, musste ich zuerst googeln. Zu den wenigen Sehenswürdigkeiten, die Bad Thulsern zu bieten hat, zählt Radio Sant'Angelo. So nennt sich der kirchliche Sender, der von dem medienerfahrenen und eloquent mehrsprachigen Pater Pirroni, Doktor der Theologie, geleitet wird, einem Mann, der rein zufällig auch aus Campodivespe stammt wie Aniello Sidara, und an der PUG, der Pontificia Università Gregoriana, der Päpstlichen Universität, studiert hat. Der Sender ist Teil der weltweiten Radio Sant'Angelo-Senderfamilie und als solcher auch von offizieller Seite als Stimme der Katholischen Kirche im Rundfunk anerkannt. Teile dieser Senderfamilie sind beispielsweise in Venlo, in Chartres, in Südtirol, der Steiermark, in Beromünster, auf dem Monte Ceneri, und fast fünfzig weitere Stationen senden weltweit, wie Radio Sant'Angelo

Tansania oder Radio Sant'Angelo Togo. Das Allgäuer Radio Sant'Angelo sendet seit der Jahrtausendwende über Satellit 24 Stunden am Tag. Das werbefreie Programm besteht aus den Einheiten Liturgie, Christliche Spiritualität, Lebenshilfe, Musik und Nachrichten. Täglich wird eine Heilige Messe aus verschiedenen katholischen Kirchen in Deutschland live übertragen. Laudes, Sext, Angelus, Vesper, Komplet und Rosenkranz geben dem Programm ein liturgisches Gerüst. Dem angepasst sind Sendeformate mit Titeln wie „Christ in der Zeit", „Ein Wort an die Kranken", „Glauben und Zweifel", „Morgenmeditation", „Gott und die Welt", und sogar „Christ und Hund".

Gegenwärtig wird mit großem Eifer in Zusammenarbeit mit der Bayerischen Landeszentrale für neue Medien (BLM), einer rechtsfähigen Anstalt des öffentlichen Rechts, das Konzept eines katholischen TV-Senders *Sant'Angelo TV* entworfen.

Kritiker werfen dem Programm neokonservativen Fundamentalismus, Rassismus, Populismus, Homophobie, Islamophobie und ein inakzeptabel überkommenes Frauenbild vor.

Anfang des neuen Jahrhunderts kamen Radio Sant'Angelo sowie dessen Leiter in die Schlagzeilen, da der wegen Mordes verurteilte Italiener Pierino Porticello unter falschem Namen fast ein Jahr lang als Mitarbeiter des Radios beschäftigt war. Zum Zeitpunkt der Einstellung war Porticello allerdings in zweiter Instanz von allen Vorwürfen des Mordes freigesprochen worden. Zwei Monate vor seiner erneuten Verurteilung kündigte Porticello mit sofortiger Wirkung sein Arbeitsverhältnis. Nach fast achtmonatiger Fahndung durch Interpol wurde er Anfang März 2001 in Porlezza an der Tessiner Grenze verhaftet.

Pater Pirroni bestätigte öffentlich, dass er von der Vorgeschichte Porticellos gewusst und er selbst dem Prozess in Parma beigewohnt habe. Jedoch glaube er an die Unschuld Porticellos und habe ihn deshalb eingestellt, zumal gerade die Kirche die Verpflichtung habe, jedem eine zweite Chance zu geben, der einmal vom Pfad der Tugend abgewichen war. Jeder verdiene eine zweite Chance, laute sein Credo.

Porticello war in Parma in Abwesenheit zu 15 Jahren Gefängnis verurteilt worden. Das Gericht sah es als erwiesen an, dass Porticello einen Südtiroler namens Firmin Ladiner 1997 hinterrücks erschossen hatte.

Radio Sant'Angelo hat geholfen, und es hat dank der edlen Spende seines Gönners, des Hoteliers Sidara, der zugleich in Anerkennung seiner „Verdienste um die Verbreitung des christlichen Glaubens in schwerer Zeit" (so die Begründung in der Ernennungsurkunde) in den Aufsichtsrat gewählt wurde, in die neueste Technik investieren und ein Fernsehstudio aufbauen können. Die Menschen brauchen Bilder, sagte der Padrone. Diese könnten mehr Macht haben als nur Worte. Jede Spende aber, die nicht von Herzen komme, beteuerte Aniello Sidara, schmerze die Mutter Maria und gleiche einem Verrat. Seine schöne und intelligente Frau Ingrid habe damals von einer Win-win-Situation gesprochen, was er lächelnd mit Chin-chin quittiert habe, während zwei Gläser aneinandergestoßen wurden.

Aus dem Sammelordner

In dem Artikel Der Sadist *in der* Deutschen Zeit-schrift für die ges. gerichtliche Medizin *berichtet ein gewisser Karl Berg, dem als „Vampir von Düsseldorf" berühmt-berüchtigt gewordenen Lust- und Serien-mörder Peter Kürten habe das verlangte Schnitzel mit Bratkartoffeln so trefflich gemundet, dass er es nebst der Flasche Wein im Laufe des Abends gleich noch einmal bestellt habe.*

Die junge Generation

Es war noch nicht lange her, dass sich Aniello Sidara nach einem ausgiebigen Abendessen von seiner Tochter Loredana erklären ließ, was das überhaupt bedeutete: Habilitationsschrift? Ich durfte mit an der Tafel sitzen und Mäuschen spielen, denn zum einen wollte ich mir diesen Dialog nicht entgehen lassen, zum anderen aber wusste ich, dass es sich nicht gehört, in ein familiäres Gespräch einzugreifen. In diesem Punkt reagieren Italiener sensibel. Also saß ich zwar dabei, tat aber recht unbeteiligt und gelangweilt, nahm hin und wieder einen Schluck Wein, und hörte mit gespitzten Ohren zu.

Loredana nannte den Titel ihrer Arbeit, doch mit Begriffen wie Solanaceen und Tropan-Alkaloiden, mit Atropin oder Scopolamin konnte der Hotelier nichts anfangen. Die Frau Doktor musste deshalb etwas ausholen und sprach zunächst von Pharmaca diabolica, von

Nachtschattengewächsen wie Stechapfel, Bilsenkraut, Alraune und Engelstrompete, aus denen Scopolamin (von Scopolia carniolica, auch Tollkraut genannt) gewonnen werde, das sich allerdings auch synthetisch herstellen lasse, wie dies in ihrem Labor geschehe, das sie vor wenigen Monaten in einer leer stehenden, zu einem Freundschaftspreis angebotenen Fabrikhalle im Süden von Bad Thulsern eingerichtet habe. Dort werde von einigen hochqualifizierten und übertariflich bezahlten Mitarbeitern, die sie noch vom Studium her kenne, der Wirkstoff hauptsächlich für den Export nach Kalabrien, Sizilien und Kolumbien produziert, um damit die Soldati der Famiglia auszurüsten. Alles ganz legal, mit sämtlichen behördlichen Siegeln und Segnungen versehen. Der *Allgäu Airport* lag praktischerweise nicht einmal hundert Kilometer entfernt. Auch zum *Bodensee Airport* war es nur ein Katzensprung. Das waren die Vorteile dieser Region.

Loredana sprach von der Schicksalsgöttin Atropos, der Unabwendbaren, der Göttin des Totenreichs, die den Lebensfaden der Menschen durchschneidet, und sie fand von dort einen Übergang zur Tollkirsche, die den Namen Atropa belladonna trage, weil ihr Extrakt, ins Auge geträufelt, auf Kosten der Sehschärfe tiefe schöne Augen mache. Das gefiel dem Vater, und er erinnerte sich, den Namen schon einmal gehört zu haben. Belladonna: Das war sein Gebiet. Schon zu Zeiten der römischen Kaiser hatten Duftmittel und Süßspeisen den galligen Bitterstoff der Gifte überdeckt, Wein und Honigwasser kaschierten das Übel, und bereits Horaz klagte über jene alten Vetteln, die durch Zauberlieder und giftige Tränke die Köpfe der Menschen verrückten. Im Mittelalter habe man zur Vollnarkose einen mit Alraune, Bilsenkraut und Schierling getränkten Schwamm mit heißem Wasser befeuchtet und dem Patienten über Mund und Nase gelegt, mit Fenchelsaft und Essig habe man dann den sogenannten „Weckschwamm" getränkt, um mit ihm die Narkose wieder auszuleiten.

Da fing Aniello Sidara allmählich an zu begreifen, womit sich seine kluge Tochter beschäftigte. Er hätte sie Lucrezia taufen sollen nach der Borgia, nicht Loredana, überlegte er für sich. Doch ehe er diesen Gedanken zu Ende spinnen konnte, war die junge Frau schon beim Alraun, das der Legende zufolge unter dem Galgen aus dem Harn oder dem Sperma des Gehängten wachse, weswegen es im Volksmund auch „Galgenmännlein" heiße. Shakespeare habe sich in *Romeo und Julia*, in *Heinrich IV.* und *Macbeth* seiner Wirkung bedient. Ein altes bayerisches Gesetz verbiete übrigens, Bilsenkraut zur Verstärkung des Bieres beizumengen, indes man im Baltikum auch von „Altsitzerkraut" spreche, weil man sich damit der ewig herumhockenden, nichtsnutzigen Alten habe besser entledigen können. Freilich werde die Frage, ob es Gift sei oder Medizin, stets von der Dosierung bestimmt.

Therapeutisch finde der Wirkstoff Scopolamin Verwendung in der Augenheilkunde zur Pupillenerweiterung oder zur Ruhigstellung eines Muskels. Weil es den Brechreiz unterdrücke, werde das Präparat auch in der Reisemedizin gegen Seekrankheit eingesetzt, wozu man Kaugummi oder Pflaster entwickelt habe, die den Wirkstoff über die Haut abgeben. Scopolamin, wusste Dr. Loredana Aniello weiterhin zu berichten, werde in der Palliativmedizin verabreicht, um die Rasselatmung in der Endphase des Lebens abzumildern. Diese Wirkung beruhe hauptsächlich auf der Hemmung der Speichelproduktion, weswegen man es auch bei starkem Sabbern senilen oder dementen Patienten verabreiche. Ein Derivat des Wirkstoffes befindet sich im allseits bekannten, in Reggello bei Florenz hergestellten krampflösenden Mittel Buscopan, das auch Vater Aniello gelegentlich mit Erfolg bei Magen- und Darmkrämpfen einnehme.

Der stolze Papa begann zu verstehen, womit sich seine Tochter beschäftigte, doch richtig hellhörig wurde er erst, als Loredana auf die bereits in der Antike bekannten Hexensalben und Liebestränke zu sprechen kam und eine direkte Linie bis hin zum Wahrheitsserum der Gestapo, der Stasi und der modernen Geheimdienste zog. Jenes Scopolamin, das sie in ihrer Habilitationsschrift erforscht habe, wirke bei höherer Dosierung dämpfend und sorge für einen apathischen Zustand. Da dieser auch für einen Zustand der Benommenheit bis zur Willenlosigkeit sorgen könne, habe die Gestapo Scopolamin hauptsächlich als sogenanntes Wahrheitsserum eingesetzt. Allerdings haben im Allgäu in der Heil- und Pflegeanstalt Kaufbeuren, Zweigstelle Irsee, auch Euthanasieärzte damit herumgespielt und es vorzugsweise an Kindern ausprobiert. Das Urteilsvermögen und die Konzentrationsfähigkeit lassen nach, es kommt zu rasch auftretenden antidepressiven Effekten, und der Proband wird kommunikativer, was ein geschickter Verhörspezialist durch geeignete Fragestellungen für seine Zwecke nützen könne. So habe man in Indien nach den Terroranschlägen von Mumbai 2008 bei den Verdächtigen mit Scopolamin gearbeitet, um gerichtsverwertbare Geständnisse und Informationen zu erhalten.

Bis zur Entwicklung wirksamer Neuroleptika habe man Scopolamin in der Psychiatrie auch zur Beruhigung von hoch erregten Geisteskranken verabreicht. Wie häufig bei solchen Substanzen komme es auch zu Missbrauch, der bei einer Scopolaminvergiftung zu tiefer Bewusstlosigkeit und sogar zum Tod führen könne.

Für die Famiglia sei der Wirkstoff insofern von besonderem Interesse, als er auch als K.-o.-Tropfen eingesetzt werden könne, um das Opfer willenlos zu machen. Verabreicht werde das geruchs- und geschmacklose Mittel über Süßigkeiten und Erfrischungsgetränken, oder es werde über präparierte Zigaretten inhaliert. Später wird sich der Betroffene an nichts erinnern. In Lateinamerika kenne man Scopolamin unter dem klingenden Namen Burundanga. Das Antidot Physostigminsalicylat sei meist nur dem Facharzt geläufig.

In Süditalien und Albanien, aber auch in den USA kursierten Berichte, erzählte Loredana ihrem immer aufmerksamer zuhörenden Papa, auf Parkplätzen von Einkaufszentren und Märkten würden kostenlos Damenhandschuhe als angebliche Werbegeschenke eines neuen Ladens an Frauen verteilt, die ohne Begleitung unterwegs seien. In den Handschuhen seien winzige, mit Scopolamin präparierte Nadeln eingenäht, die in die dünne Haut zwischen den Fingern stächen. Weil die Nadeln so klein und dünn seien, bemerke man den Stich nicht. Es genügten schon geringe Mengen, um einen Menschen zu betäuben. Die Kriminellen verfolgten ihre Opfer und warteten ab, bis die Droge zu wirken beginne. Dann raubten sie sie aus oder vergewaltigten sie.

Es gibt sogar Berichte, erzählte Loredana ihrem erstaunten *padre padrone*, denen zufolge man mit der richtigen Dosis von Scopolamin jemanden in tiefe Trance versetzen könne, die äußerlich praktisch nicht auszumachen sei. Der „Patient" spreche völlig normal, wirke wach, sei aber anderen gänzlich ausgeliefert. Er befolge jeden Befehl, räume seine Wohnung aus, lade stundenlang einen Transporter mit seinem Hab und Gut voll und antworte positiv auf Rückfragen, ob das denn alles so gewollt sei. Einfacher lässt sich wohl eine Wohnung nicht ausrauben. Am nächsten Morgen wache das Opfer auf einer Parkbank oder in einer Badewanne voll Eiswasser ohne Niere auf und wisse nicht, was mit ihm geschehen sei. Nicht umsonst werde Scopolamin auch Teufelsatem genannt.

Lateinamerikanische Prostituierte schmierten ihren Kunden kurz ein Stück Papier mit Burundanga ins Gesicht oder unter die Nase. Dann machten sie einen kleinen Spaziergang zum Geldautomaten, wo der betäubte Freier mit größtem Vergnügen eine stattliche Summe abhebt. Wie das funktioniere? Der Wirkstoff tritt über den Kontakt mit der Nasenschleimhaut ein. Bereits geringste Mengen genügen.

Aniello Sidara war begeistert und malte sich aus, wie dieses Teufelszeug, hergestellt von seiner blitzgescheiten Tochter in einem gut im Allgäu versteckten kleinen Labor in Familienbesitz, als Geschäftsmodell bei der Società einschlagen würde. So war sie, die junge Generation: kühl wissenschaftlich, frei von Hitzköpfigkeit, hervorragend ausgebildet, zielstrebig – und dennoch ausgestattet mit Geschäfts- und Familiensinn. Das war eine gute Investition gewesen, sein Mädchen studieren zu lassen. Jetzt würde sie sich amortisieren. Aniello Sidara fühlte sich auf der Höhe der Zeit, nein, er zählte sich zur Avantgarde, denn während die einen noch überlegten, wie sie einen kleinen Juwelier ausnehmen oder einen Bauunternehmer bescheißen konnten, war sein Mädchen schon viel weiter. Es musste sich also um seine Zukunft keine Sorgen machen, getreu dem sizilianischen Sprichwort: Der Auserwählte hat den Vater in der Hölle, der für ihn betet.

Aus dem Sammelordner

In seinem wahrheitsgemäßen Bericht über einen mehr-
fachen Mord mit dem Titel In Cold Blood *berichtet*
Truman Capote von der Henkersmahlzeit der Häftlinge
Perry Edward Smith und Richard Eugene Hickock,
die am 15. November 1959 in Holcomb, Kansas, das
Farmerehepaar Clutter sowie deren Sohn Kenyon und
Tochter Nancy ermordet haben. Beide hätten dasselbe
bestellt: Garnelen, Pommes frites, Maisbrot mit Knob-
lauch, Eiscreme mit Erdbeeren und Schlagsahne. Smith
soll aber kaum etwas davon gegessen haben.

Der Commendatore

Die Familie hatte beschlossen, dass weder der Stadt-
pfarrer noch Pater Pirroni von Radio Sant'Angelo
die Totenmesse halten sollte, sondern Don Episcopo,
Stadtgeistlicher von Campodivespe, der eigens einge-
flogen wurde. Er war in Begleitung nicht nur eines
Kilos Schnee im Koffer (wer filzt schon einen Geistlichen?), sondern auch des Regionalbischofs, der es
sich nicht nehmen lassen wollte, bei diesem Ereig-
nis anwesend zu sein als Garant dafür, dass Kokain
und Gebet durchaus unter eine Soutane passen. Er
war der Zelebrant in vollem Ornat, die beiden Stadt-
pfarrer die Konzelebranten. Der Leichenzug mit dem
Sarg auf einer Lafette, gezogen von vier Schimmeln
aus einem im Allgäu beheimateten fürstlichen Ge-
stüt, glich einer Prozession in einem Hollywoodfilm.
Viele Reden wurden gehalten, denn viele fühlten sich
berufen, etwas zu sagen. Es sprachen Abgesandte ver-

schiedener Vereine, der Bürgermeister, der Landrat, ein Mitglied des Bundestags, sogar vom Ministerpräsidenten wurde eine Botschaft verlesen. Dann trat der italienische Bischof vor und entleerte ein Einweckglas mit Erde aus Campodivespe auf den Sarg. Möge der Tote auch in heimatlicher Erde ruhen. Schließlich verschwand der Sarg unter tausend roten Rosen. Der Friedhof glich einem Blumenmeer. Die dunklen Limousinen fanden kaum Platz vor dem Eingang, muskulöse junge Männer in schwarzen, bestens geschnittenen Anzügen und mit Sonnenbrillen warteten gelangweilt vor den Fahrzeugen. Die Kapelle intonierte *Näher mein Gott zu Dir*. Natürlich wurde alles von Radio Sant'Angelo live übertragen, moderiert vom Killer persönlich, mit getragener Stimme. Für die überregionale Presse berichtete eine eigens aus München angereiste Gesellschaftskolumnistin, die schon länger auf der Payroll des Verstorbenen stand, der von ihr stets nur als seiner „Königin der letzten Seite" gesprochen hatte, womit die Seite mit den Gesellschaftsnachrichten gemeint war.

Nach dem Leichenschmaus im Großen Saal des *Grand Hotels Garibaldi* nahm mich der Mann zur Seite, den alle nur den Commendatore nannten, und führte ein kurzes, aber intensives Gespräch mit mir.

Ich war auf der Hut, denn er ist ein Typ, der keine Beleidigung und keinen Fauxpas vergisst. Es war erstaunlich, was er alles über mich wusste. Meine Biographie war für ihn ein offenes Buch. Er sprach ruhig, als erzählte er von seinem Großvater. Zum Abschluss kniff er mich in die Wange und legte mir die Hand auf die Schulter.

Der Commendatore war einer, den man mit Don anredet, denn ein Don ist einer, der die Personalfragen regelt. Seine Worte wiegen schwer, obgleich sie wie beiläufig gesprochen sind, als seien sie gar nicht für das Aussprechen bestimmt. Dabei schaut er fast immer an einem vorbei. Für gewöhnlich redet ein echter Don nicht viel. Er lässt andere reden. Wenn ihm etwas wichtig ist, hat er seine speziellen Gesten. Dann spricht er mit einer kleinen Bewegung seiner schmalen gepflegten Hand. Zu reden, ohne die Lippen bewegen zu müssen, das ist Reputation, sagt man auf Sizilien. Mir wurde klar: Ab jetzt kam ich nicht mehr aus dieser Nummer heraus.

Die italienische Staatsanwaltschaft hat schon bei früherer Gelegenheit ihrer Verwunderung über die hoffnungslos unterbesetzte Allgäuer Polizei Ausdruck verliehen. Offensichtlich war die Globalisierung noch nicht in diese Region vorgedrungen, offenkundig hatte man dort weder eine Ahnung noch eine Vorstellung von der internationalen Vernetzung von Kapital und Geschäftsinteressen, von schnellen und effizienten Einsatzkommandos, die unauffällig anreisten, geräuschlos ihre Aufträge erledigten und sofort wieder verschwanden, ohne lästige Spuren zu hinterlassen. Die Nachfahren der Käsehersteller konnten sich derlei überhaupt nicht vorstellen. Wie paralysiert starren sie derzeit auf die Migrationsproblematik und halten die zunehmenden Clan-Verbrechen für Dekadenzerscheinungen des Ruhrgebietes und der fernen Bundeshauptstadt.

Eine andere Frage der Ermittlungsbehörde galt den Gästen des *Grand Hotels Garibaldi*, insbesondere einem Gast, der allerdings ein Unberührbarer, will sagen juristisch immun ist. Seine abgedunkelte, wahrscheinlich gepanzerte Limousine mit Fahrer hatte eine italienische Nummer, und, viel wichtiger noch, auch ein CD-Schild. *Corpo diplomatico!* Das eng geschnittene Jackett des Fahrers war unter der Schulter stark ausgebeult. Als Mitglied des Senats war der unbekannte Gast für besondere Probleme Südtirols zuständig, weswegen diese Exzellenz auch inkognito abgestiegen war.

Ich drehe an dieser Stelle die Uhr ein wenig zurück:

Kaum hatte im vergangenen Monat schon einmal ein Treffen mit dem Commendatore stattgefunden, raunte der Hotelier seiner Frau nachts im Ehebett zu, sein besonderer Gast habe die Ansicht geäußert, er, Aniello Sidara, habe längst einen Orden verdient für seine wirtschaftlichen und gesellschaftlichen Verdienste, für seine Wohltätigkeit und seinen Einsatz für seine Landsleute in der Fremde. Er wolle sich im römischen Senat für ihn verwenden und auch seine deutschen Freunde mit entsprechenden Hinweisen versorgen. Schließlich sei er der „Hotelier des Jahres" und ein bedeutender Italiener im Ausland. Als Aniello die weisen Worte seines Gastes wiederholte, man könne zwar den Wind nicht ändern, wohl aber die Segel anders setzen, war Ingrid schon eingeschlafen.

Der Padrone nannte keinen Namen. Das war auch gar nicht nötig, denn auch sein hoher Gast stammte aus Campodivespe, ja, er war sogar ein Verwandter, wenn auch um mehrere Ecken herum: Wer in Campodivespe trägt nicht den Namen Sidara? Der Hotelier sprach den hohen Gast mit Commendatore an, zumal es sich um einen offiziellen Besuch handelte. Man grüßt den Rang und nicht den Mann. So hat er es beim Militär gelernt, ebenso wie das Gesetz, den Mund zu halten, wenn der Ältere, der Ranghöhere spricht. Aniello wusste, dass man einen Capo, einen Commendatore nicht unterbricht.

Capos sind Monologisierer. Bei ihnen muss man nicht nur auf jedes Wort, sondern auch auf dessen Betonung achten. Jeder von einem Mafioso gesprochene Satz wird von anderen Mafiosi minutiös gewertet – man sucht die möglicherweise darin enthaltene Mehrdeutigkeit oder auch eine gut versteckte Falle, die sich dahinter verbergen könnte.

Wie darf ich mir diese Treffen zwischen Commendatore und Hotelier vorstellen? Zwei grau melierte feine Herren in den reiferen Jahren, beide teuer und elegant gekleidet, mit einer Vorliebe für feines Tuch und geschmeidiges Schuhwerk. Im Tierreich würde man von zwei Silberrücken sprechen. Man kennt sich seit Jahrzehnten. Die Umarmung ist nicht nur ein leeres Ritual, sondern sie kommt von Herzen. Was den Commendatore, dessen Haar das Grau von schmutzigem Schnee hat, zusätzlich auszeichnet, ist das hohe Maß an Würde, das er ausstrahlt, gepaart mit der Prägnanz seiner Sätze von gewichtigem Inhalt, die er in majestätischer Endgültigkeit kundtut: *Roma locuta, causa finita.* Mit einem Wort: ein Ehrenmann! Allerdings mit Augen von fuchsartiger Wachsamkeit und einem gefährlichen Lächeln, bei dem seine Augen kalt blieben, während sein Gesicht ansonsten nicht viele Geschichten erzählte. Auch nicht von den Geschäften, die ihn reich gemacht haben. Angeblich irgendetwas mit dem Verschrotten alter Öltanker.

Vor der offiziellen Eröffnung des *Grand Hotels Garibaldi* hatte in einer geheimen abendlichen Zeremonie der seinerzeit eigens angereiste Commendatore das Haus getauft und mit entschlossener Stimme gesagt: *„Buon vespero e santa sera ai santisti.* Ich taufe dich, wie unsere drei Ritter aus Spanien uns getauft haben in Palermo, in Neapel und in Kalabrien. Wenn sie unseren Ort mit Eisen und Ketten getauft haben, dann taufe ich dich jetzt mit Eisen und Ketten. Wenn sie ihn mit dunklen Verliesen und Strafgefängnissen getauft haben, so taufe ich dich mit dunklen Verliesen und Strafgefängnissen. Wenn sie ihn mit Rosen und Blüten getauft haben, so taufe ich dich mit Rosen und Blüten, ich taufe dich mit Worten der Demut, der Treue und der Verschwiegenheit. *Buon vespero!"*

Beim Aperitivo werden die alten Zeiten beschworen. Ein wenig Nostalgie löst die Zunge, öffnet die Herzen und schafft eine gute Gesprächsatmosphäre. Bei einem opulenten Abendessen geht es um Politik und Kapitalgesellschaften, Tochterfirmen und Bilanzfrisuren. Und zwar dergestalt, dass alles in der Familie bleibt, versteht sich. Sie zelebrieren ihr Essen, stopfen es nicht wie Bauern in sich hinein. Sie beweisen mit ihrem Genuss, dass es nicht um Nahrungsaufnahme geht, sondern um eine Verneigung vor dem guten Leben. Dabei rät der Commendatore Aniello mit besorgtem Grandseigneursblick, die Dinge nicht unnötig zu beschleunigen, seinen Eifer ein wenig zu bremsen. Vor allem aber Stillschweigen zu bewahren gegenüber jedermann. Auf Sizilien sage man: Das beste Wort ist dasjenige, das man nicht ausspricht. Der Direktor der hiesigen Sparkasse, dieser *stronzo*, wisse doch nicht einmal, wo die Isle of Man überhaupt liege. Den interessiere doch nur das Büffet der jährlich stattfindenden „Italienischen Nacht", die selbstverständlich auch heuer wieder Don Aniello sponsere. Im Sinne der Völkerverständigung und anschließendem Bunga Bunga mit einer handverlesenen Hostess in einem verschwiegenen Hotelzimmer. Vielleicht sollte der Hotelier, wie der Commendatore andeutet, einmal mit dem Polizeichef in die Berge zum Wandern gehen und von Mann zu Mann ein gutes, zukunftsorientiertes Gespräch führen. Nur so gedacht, als Anregung, ein einfacher Gedanke …

Auch die Eröffnung einer Kunstgalerie im Hotel könnte ein gewinnbringender Einfall sein. Das schmücke die Lokalität ebenso wie die Stadt, und mit Kunst werde heutzutage mehr Geld gemacht als mit Blasmusik. Mit Kunst fange man sogar die Linken wie mit Honig die Bären, weswegen zur Eröffnung unbedingt der Kulturminister eingeladen werden sollte. Eine Parteispende werde ihm die Anreise erleichtern. Ein Vöglein habe ihm, dem Commendatore, gezwitschert, ein pressegeiler Chefarzt plane, einen Kunstpreis ins Leben zu rufen, um sich unsterblich zu machen. Kein Wunder, dass sich einer, der den ganzen Tag angestrengt und verantwortungsschwer im OP arbeite, einen Ausgleich in der Ästhetik sucht. Er sei nicht der erste Mediziner, der sich gern einladen lasse. In erstaunlich vielen Ärzten schlummere eine Pharmanutte. Von Anbeginn an gibt es eine lange Liste von Mafiaärzten, die von Gefälligkeitsgutachten leben. Die Belohnung müsse ja nicht gleich eine Promi-Loge bei der *Formula Uno* in Monte Carlo sein. Vermutlich sei der Herr Doktor mit einem vierwöchigen Aufenthalt in einer Luxusvilla in Taormina auch zufriedenzustellen. Wenn ihn seine Klinik überhaupt so lange entbehren könne.

Das alles sei überhaupt kein Problem und koste ihn einen oder bestenfalls zwei Anrufe. Außerdem müsse man auch an Loredanas Zukunft denken. Geneigte und diskrete Ärzte könne man immer wieder einmal ebenso gebrauchen wie eine geschickte Chirurgin. Beste Gelegenheit zum Knüpfen von Kontakten und Einstielen der Connections sei der Allgäuer Presseball mit seinen über 1.000 Gästen, worunter außer den üblichen Bussibussis noch präpotente Bürgermeister, Landräte, Landtags- und Bundestagsabgeordnete und auch sonst allerlei Adabeis aus Land- und Geldadel zu finden seien. Ganz zu schweigen von der speziellen Verbindung zu den Bankhäusern in Jungholz, dem Ort mit der größten Bankendichte der Welt. Höchste Zeit, dass dieses Event im *Garibaldi* ausgerichtet werde.

Aniello Sidara gesteht dem Commendatore, neben der Kunst sei der Sport eine für die Società Erfolg versprechende Branche. Deswegen habe er, Aniello, beschlossen, sich an einschlägig erfahrenes Allgäuer Personal zu wenden. Zahlreiche Unternehmen dieser Region, inklusive junger Start-ups, agierten am Rande der Legalität, bezahlten die Arbeit bar auf die Kralle, frisierten die Steuern, fälschten die Bücher. Der Rückgriff auf Offshore-Banking und Steueroasen sei im Allgäu gang und gäbe. Niemand wisse, wie viele eingesessene Firmen mit Kapital aus illegalen Geschäften aufgebaut wurden oder Vertrauensleute der Società als stille Teilhaber haben. Ich könnte Namen nennen …

Es gebe da beispielsweise einen hochdekorierten, mit der Goldmedaille für besondere Verdienste ausgezeichneten Mann, einen mehrfachen „Vereinsmeier des Jahres", der hier im Sport allerhand Mühlen bewege. Der Commendatore winkte ungeduldig ab und sagte nur: „Mach ihm ein Angebot."

Sport und Geschäft, meinte er nebenbei, seien weit über Italien hinaus seit Jahrzehnten vom Syndikat erfolgreich getestete und gut belastbare Geschäftsfelder, die gerade in dieser Kombination stets zu zufriedenstellender Effizienz geführt hätten. Man habe durchaus Bedarf an erfahrenen, auch in gerichtlichen Auseinandersetzungen standfesten Männern. Als assoziierten Geschäftspartner könne man es ja einmal mit ihm versuchen.

Und was, wenn er nicht spurt?

Möglichkeit eins: Wir überweisen ihm aus Trapani eine fette Spende und lassen dies gleichzeitig Presse und Opposition wissen. Natürlich wird er das Geld umgehend zurücküberweisen und alles aufwendig dementieren, aber von da an wird es mal vor und mal hinter der Hand heißen, er werde von der Mafia bezahlt. Das kann sich keiner dieser Provinzfürsten leisten. Das Prinzip ist uralt und lautet: *Audacter calumniare, semper aliquid haeret.* Es geht doch nichts über den alten Plutarch.

Möglichkeit zwei: Wir eröffnen in Jungholz ein Schwarzgeldkonto auf seinen Namen und holen uns von ihm die Kohle auf dem Geschäftsweg gewaschen zurück.

Ist das nicht ein Beleg dafür, wie begierig die Wirtschaftsführer und Politiker darauf sind, mit der Società zusammenzuarbeiten, fragte der Commendatore? Da sie allesamt vor Geldgier kaum laufen können, ist es ihr höchstes Ziel, mit von der Partie zu sein: koste es, was es wolle. Bekanntlich ist es das Geld, das noch mehr Geld erzeugt. Deshalb ist man im Allgäu besonders gern bereit, mit unlauteren Machenschaften und politischen Schmutzeleien die wachsenden materiellen Ansprüche zu befriedigen und dabei immer skrupelloser vorzugehen. Zum Preis der moralischen Integrität, der vielleicht noch die Großvätergeneration ausgezeichnet hat, wird auf die Eigendynamik des Erfolges gesetzt. Die Ehrenwerte Gesellschaft werde darauf zu achten haben, dass sie diese Mäuler zwar geschickt anfüttere, die Hyänen dabei aber hungrig halte.

Der Commendatore ergänzte, man dürfe in der Società nicht vergessen, dass es sich bei diversen Sportereignissen um Events handle, in denen Millionenbeträge im oberen Segment eine Rolle spielten. Gerade deshalb solle man ernsthaft überlegen, ob man nicht mit einem angemessenen Angebot an solche Kandidaten herantreten müsse, am besten in vertrauter Umgebung. Es sei bekannt, dass der Mann sehr bodenständig und heimatverbunden sei. Also nichts wie auf zur Homestory! Aniello solle dafür seine „Königin der letzten Seite" in Bewegung setzen. Radio Sant'Angelo könne dann nachlegen.

Das ganze Geheimnis des Syndikats bestehe doch zuletzt darin, Abhängigkeiten zu schaffen. Bittsteller solle man nicht enttäuschen. Aber es ist nicht notwendig, ein Freund des Bittstellers zu sein. Der Bittsteller ist es, der zuerst um Freundschaft bitten und diese dann geloben muss. So ist es mit den Gefälligkeiten. Irgendwann kannst du vor ihrer Tür stehen und die Hand aufhalten. Gnade ihnen Gott, wenn sie dann nicht spuren. Dann muss man sie notfalls sogar auf die Möglichkeiten hinweisen, tiefer gelegt zu werden.

Wer im Allgäu etwas werden wolle, ergänzte der Commendatore nach einem tiefen Zug aus seinem Glas, müsse entweder in die Tourismusbranche gehen oder mit Milch und Käse handeln. In dieser größten zusammenhängenden Urlaubsregion Deutschlands werden über zwei Milliarden Euro Wertschöpfung erarbeitet, das sind zehn Prozent des Bruttoinlandprodukts. Maschinenbau, Elektrotechnik; Nahrungsmittelverarbeitung sind bedeutende Faktoren einer mittelständisch orientierten Wirtschaft. Hier ist der Sitz der *Oberländer Milch- und Weißlackerbörse*. Sie gliedert sich in den Vorsitzenden mit zwei Stellvertretern, in die Geschäftsstelle mit Geschäftsführer und Mitarbeitern und in den Börsenausschuss mit zehn ordentlichen Mitgliedern. Die Organisation besteht aus der Notierungskommission für Butter, Emmentaler und Weißlacker und beschäftigt sich mit der Preisermittlung von Milch- und Molkenpulver. In diese Strukturen ist die Società eingedrungen. Es war nicht besonders schwer, entsprechende Positionen mit kenntnisreichen, akademisch ausgebildeten Leuten zu besetzen. Auf diese Weise erfährt die Ehrenwerte Gesellschaft nicht nur, was in den Kommissionssitzungen geschieht, sondern kann diese auch in unserem Sinne beeinflussen. Unsere tüchtigen Mitarbeiter aus der höheren Führungsebene nehmen entscheidenden Einfluss auf die wirtschaftliche Performanz der *Oberländer Milch- und Weißlackerbörse*. Damit bestimmt die Butter- und Weißlackermafia das Geschehen auf dem europäischen Markt. An jeder Scheibe Allgäuer Käse, die irgendwo über den Ladentisch geht, verdient die Famiglia ihren Anteil. Auch deshalb ist das Allgäu für die Società ein wichtiges Habitat.

Vorbilder für die Umstrukturierung des Allgäus gebe es genügend. Was MMD, will sagen Matteo Messina Denaro aus Castelvetrano, den sie *u siccu*, den Dünnen, nennen und seit 25 Jahren vergeblich jagen, in seiner Provinz Trapani geschafft hat, müsse auch im Allgäu möglich sein. Er kontrolliert die Supermärkte, die Einkaufszentren, Restaurants, Ferienanlagen, er produziert Wein, Käse und Windenergie. Keiner weiß, wo er steckt, sicher ist nur, dass er seinen Vergil liebt.

Was dem Italiener sein *oro bianco*, sein weißes Gold, sprich Mozzarella, das sind dem Allgäuer sein Weißlacker und sein Romadur. Und was der Camorra mit dem Mozzarella gelungen ist, das wird der Società im Allgäu mit dem Weißlacker gelingen. Man muss seine Wege kontrollieren wie einst die Raubritter die Salzstraßen. Von der Weide über die Ställe, den Käsereien bis hin zu den Marktständen, in die Theken der Supermärkte und die Küchen der Gasthäuser vom Dorfwirtshaus bis zum Grand Hotel. Die Milchautos müssen der Società gehören, selbst die Milchkannen und die Maschinen, die mittlerweile in jeder kleinen Dorfkäserei stehen. Mit anderen Worten: die gesamte Lieferkette in all ihrer Komplexität. Das ist nur eine Frage der Organisation und der Logistik. Die kleinen verschuldeten Höfe kauft man auf oder greift den Bauern finanziell unbürokratisch unter die Arme: *Mafia perbene*. Schon hat man wieder einen Mann auf seiner Seite, dem man sagen kann, wo er käsen lassen muss. Die heilige Trias von Wasser, Milch, Fleisch ist unser Kapital. Und wenn einer der Bauern nicht spuren will, inspiziert man seine Scheune in puncto Feuersicherheit. Bei der Feldarbeit kann man getrost auf Migranten aus Osteuropa oder Afrika zurückgreifen. Deren Rücken ist noch elastisch, ihre Ansprüche sind bescheiden, und bei Widerworten gibt es eins auf die Zwölf.

Und noch eins, sagt der Commendatore und hebt seinen Zeigefinger: Die 'Ndrangheta hat gute Erfahrungen mit dem *Italian Sounding* gemacht, mit gefälschten Etiketten für typisch italienisches Flair, gern auch mit Rechtschreibfehler, denn das steigert die Glaubwürdigkeit. Also wird es die Ehrenwerte Gesellschaft mit *Allgäu Sounding* versuchen: Ein paar Kühe aufs Bild, ein Büblein mit Spitzhut und Edelweiß, ein Mädchen mit gesunden roten Backen und kurzem Rock … Viehscheid in allen Variationen. Aber immer mit dem Bio-Siegel. Auch beim billigen Emmentaler-Fake aus Dänemark. Nicht zu vergessen das Abgreifen der EU-Fördergelder: je mehr Fläche, desto höher die Summe. Für das Allgäu bedeutet das: möglichst viele marode Höfe aufkaufen. Das muss natürlich alles stillschweigend vor sich gehen. Je lautloser, desto effizienter. Sogar in den Zeitungen könne man bereits lesen: Erst wenn die Mafia aufhört zu schießen, muss man sich Sorgen machen.

Wenn man einem Geld leiht für einen Traktor, mit dem er sein Stückchen Land bearbeiten will, man aber gleichzeitig von ihm weiß, dass er es nicht wird zurückzahlen können, muss man nur eine kleine Weile warten können. Dann kann man sich den Traktor und das Land holen, soll der Commendatore gesagt haben.

Das bezog sich aller Wahrscheinlichkeit nach auf den in Planung befindlichen Freizeitpark, der auf einem erst noch zu erwerbenden Gelände errichtet werden sollte: Neu und ultimativ atemberaubend. Luxus, Aktivitäten und Natur am Fuße der Alpen. In der wunderschönen Voralpenlandschaft mit Wäldern und Wiesen gelegen. Ein riesiges tropisches Badeparadies mit zahlreichen Rutschen und der längsten Wildwasserbahn Europas, zwei wetterunabhängigen Spielwelten und vielen spannenden Freiluft-Aktivitäten. Gebaut werden sollten Komfort-Ferienhäuser, Premium-Ferienhäuser mit noch mehr Komfort und VIP-Ferienhäuser mit eigener Sauna und Exklusiv-Ferienhäuser im Chalet-Stil mit noch mehr Luxus. Für Rollstuhlfahrer würde man barrierefrei bauen. Der Hotelier des *Garibaldi* bot sich als Hauptinvestor an. Er dachte dabei vorausschauend an den Windpark, der allerdings Zukunftsmusik war und dessen Pläne noch im Umweltministerium schmorten. Woher er das Geld dafür hat, würde keiner fragen. Es genügte die Redensart, dass der Teufel immer auf den größten Haufen scheiße. Nur der Commendatore wusste um die Herkunft der *dollari*.

Er machte allerdings kein Hehl daraus, dass er nichts von Aniellos Alleingang in Sachen Wintersport hielt. Alleingänge widersprächen den ethischen Grundsätzen der Ehrenwerten Gesellschaft. Zum einen musste bei Projekten immer die Genehmigung der dafür zuständigen höheren Stellen eingeholt werden, zum anderen war es Ehrensache, die Erträge zu teilen. Aniello habe dagegen verstoßen, was er, der Commendatore, so nicht hinnehmen könne und rügen müsse. Das sei nichts Persönliches, um Gottes Willen, nein, sondern der Hotelier müsse dies rein geschäftlich sehen.

Nach den vergangenen milden Wintern war im Allgäu das Skiliftgeschäft ins Stocken geraten und hatte einige Insolvenzen nach sich gezogen. Manche Betreibergesellschaft geriet in bedenkliche finanzielle Engpässe. Da witterte Aniello Sidara seine Chance und legte die Bereitschaft für ein Investitionsvolumen von gut fünf Millionen Euro auf den Tisch. Hüttenwirte und Bewirtschafter von Almen bedrängten die Eigentümer des entsprechenden Gebietes, die sich aus einigen Familien, der Alpgenossenschaft und den betroffenen Gemeindeverwaltungen zusammensetzen, das Angebot des italienischen Investors umgehend anzunehmen. Dazu zählte auch der Erwerb von Parkplatzflächen vor den Talstationen, für welche die einzelnen Gemeinden zuständig sind. Niemand wollte wissen, woher der Hotelier über eine derart hohe Summe verfügte. Er stand mit seinem Namen ein, und man wusste, dass er es auch bisher bestens verstanden hatte, lukrative Geschäfte auf den Weg zu bringen und mit einigem finanziellen Vorteil abzuschließen. Sidara sicherte sich damit den Liftertrag von mehr als zwanzig Pistenkilometern.

Er hatte aber noch eine weitere Idee in der „Pipeline": Außer der überschüssigen Gülle ließen sich auch noch andere unliebsame, sogenannte umweltschädliche Hinterlassenschaften kostengünstig mit den als Milchlastwagen getarnten Transportern entsorgen. Gegen gutes Geld ließen sich allerlei Fäkalien, Altöl, giftige Rückstände aus den Textilfabriken, Elektroschrott aus der Strahlenmedizin, radioaktives medizinisches Material und diverse kontaminierte Produkte anderenorts auf geeignetem Gelände abladen und ausbringen. Das müsse man nur geschickt anstellen, und dafür könne er bürgen. Er habe da bereits eine lukrative Offerte an die jeweiligen Bauernverbandvorsitzenden gerichtet und ventiliere derzeit das innovative Geschäftsmodell. Er sei zuversichtlich, dass dies auch mit ein wenig Nachhilfe vom zuständigen Ministerium unterstützt würde. Man wisse längst, wie gut das Modell bei Elektroschrott funktioniere, der in den Slums von Agbogbloshie in Ghana lande, wo das Kupfer aus den Ladekabeln der

Handys gezogen werde. Gewissensbisse gebe es auf beiden Seiten keine, denn für beide Seiten, Società wie Bauernverband beziehungsweise Ministerium, sei das Gewissen als Begriff aus dem Lexikon verschwunden und nur noch für den Beichtstuhl reserviert. Außerhalb dessen existiere weder das Wort noch die Sache.

Was der Commendatore nicht wusste, war eine gut sprudelnde Quelle, aus der Aniello Sidara ein „bescheidenes Taschengeld" bezog, wie er dies nannte. Deren Entdeckung verdankte der Gastronom und Hotelier seiner klugen Tochter und deren Insiderwissen. Der Chefarzt der exklusiven Falkenstein-Klinik, Herr Prof. Dr. med. Dr. h.c. mult. Haubentaucher, war ein kunstsinniger Medicus mit magischen Händen, Frauenversteher, Geburtshelfer und Transplantationsgenie, Mitglied zahlreicher Kommissionen und Fachgesellschaften. Als Aniellos Töchterchen zeitweise als Forschungsassistentin beim Herrn Professor gearbeitet hatte, entdeckte sie eines Tages, als ihr Meister gerade auf einem Kongress im fernen Moldawien über Organspenden referierte, eine gut verborgene Kamera im gynäkologischen Ordinationszimmer. Die gewissenhafte Assistentin dokumentierte den Fund und zog die heiklen Aufnahmen auf einen Stick, denn sie hatte naturgemäß Zugang zu den PCs des Professors. Den Stick versteckte sie im Büro ihres Vaters, ohne dass dieser etwas davon merkte. Lange behielt die junge Ärztin ihr Wissen für sich, ehe sie sich ihrem geliebten Vater anvertraute, der daraus ein kleines Geschäftsmodell entwickelte, dieses aber nicht sogleich aus der Taufe hob, sondern noch ein wenig zuwartete wie eine Katze, die wusste, dass ihr die Maus nicht mehr entkommen konnte. Kurz darauf ging das Gerücht um, der Professor habe bei einer prominenten Dame persönlich in puncto dringendem Kinderwunsch nachgeholfen. Die kluge Tochter des Hoteliers wies jedoch ihren Vater darauf hin, dass auch einem der Pioniere der künstlichen Befruchtung, Prof. Donald Cline, vorgeworfen worden war, mindestens fünfzig Frauen mit dem eigenen Sperma statt dem eines Spenders behandelt zu haben. Zwar habe Cline vor den Schranken des Gerichtes gestanden, sei aus welchen Gründen auch immer jedoch nicht verurteilt worden.

Aniello entschied sich angesichts der undurchsichtigen Sachlage, zunächst nur das „Foto-Projekt" näher zu verfolgen und über seinen Sohn, den Anwalt, ein beidseitig zufriedenstellendes finanzielles Arrangement mit dem Professor zu treffen. Dabei beging er allerdings den dummen Fehler, die Famiglia, sprich den Commendatore, nicht darüber zu informieren. Die Sache blieb geheim, aber innerhalb der Famiglia sollte man, wie jedes kluge Familienmitglied wusste, keine Geheimnisse voreinander haben. Die Regel lautet schlicht und einfach: *Chi sbaglia, deve pagare.* „Wer einen Fehler macht, muss dafür bezahlen."

Das galt auch für das weit größere und aussichtsreichere Projekt, das Aniello Sidara im Visier hatte. Loredana hatte ihn auf die zunehmende Bedeutung des Organhandels aufmerksam gemacht und ihm einige Artikel aus dem Ärzteblatt zusammengestellt und für ihn aufbereitet. Darin war von Organhändlern im Kosovo die Rede, die zu einem guten Preis Nieren besorgen konnten. Für den Spender fielen dabei im günstigsten Fall circa 10.000 Euro ab, während Händler und Klinikbetreiber das Zehnfache dessen einheimsten. Urologen in Pristina, wo die 'Ndrangheta auch mit anderen Geschäftsmodellen vertreten war, zeigten sich dabei äußerst kooperativ. Warum sollte das nicht auch für das Allgäu gelten? Die wichtigste Leitungsposition war jedoch mit einem israelischen Staatsbürger besetzt, an den sich die Ermittlungsbehörden wegen des möglichen Verdachts auf Antisemitismus und der daraus entstehenden politisch-diplomatischen Komplikationen nicht herantrauten. Für die Società sollte dies jedoch kein Problem sein, denn sie war schon aufgrund ihrer langen Geschichte nicht antisemitisch, sondern international aufgestellt, wofür einst ein Mann wie Meyer Lansky, Bankier der Ehrenwerten Gesellschaft in Las Vergas und Havanna, ein hochgeschätztes Vorbild war.

Bestens ausgestattete, als harmlose, aber glänzend bestückte Reha-, Kur- und Anti-Aging-Kliniken getarnte, modernste medizinische Einrichtungen mit hoch qualifizierten Ärzten im Allgäu seien durchaus in der Lage, sowohl Organentnahmen wie Transplantationen durchzuführen. Die Lebendspender, die man leicht als Hotelfachschüler, Austauschstudenten oder Praktikanten der hauseigenen Pflegeschule tarnen kann und die in Bussen einheimischer Busunternehmer anreisen, werden hier meist nicht länger als eine Woche versorgt, eine Nachsorge in ihren Heimatländern findet so gut wie nicht statt. Heimische Reiseunternehmer, deren Großväter noch am Bau des Westwalls verdient haben, fahren sie wieder zurück Richtung Osteuropa und verdienen damit doppelt. In Moldawien, das offiziell eine Erwerbslosigkeit von fünfzig Prozent aufweist und wo das durchschnittliche

Monatseinkommen dreißig Dollar beträgt, verkaufen insbesondere junge Menschen aus ländlichen Gebieten ihre Organe für 3.000 Dollar, während die Empfänger 250.000 Dollar und mehr bezahlen. Junge ukrainische oder moldawische Nieren waren ein glänzendes Geschäft. Man musste nicht erst bis nach Bangladesch fliegen. Und im Allgäu konnten sich die Spender wie die glücklichen Empfänger in schöner Umgebung bestens erholen. So etwas war Wellness pur.

Wie praktisch war es da zugleich, dass ein verdienter Mann wie Professor Haubentaucher in der Ethikkommission saß, die streng auf die Einhaltung der gesetzlichen Vorschriften bei der Organtransplantation achtete.

Aniello Sidara war stolz. Er hatte neue Begriffe gelernt: *donor countries, demand countries ...*

Der Commendatore wusste über Sidaras geheime Kanäle Bescheid, fühlte sich aber insofern übergangen, als er stets dafür plädiert hatte, Geschäfte dieser Größenordnung zuerst mit den jeweiligen Aufsichtsräten in der Società zu besprechen, damit nicht nur alle eingeweiht waren, sondern keine unnötigen Rivalitäten entstanden. In puncto Diskretion war er sich in letzter Zeit bei Sidara nicht mehr hundertprozentig sicher. Er glaubte, einen bisher verborgenen Ehrgeiz in seinem Landsmann entdeckt zu haben, der ihm persönlich zwar gleichgültig sein konnte, mit Blick auf den inneren Frieden der Società aber alles andere als egal sein durfte. Es waren schon in der Vergangenheit immer jene Mitglieder zu einer Bedrohung geworden, denen die Bäume in den Himmel zu wachsen schienen und die es nicht erwarten konnten, in der Hierarchie der Ehrenwerten Gesellschaft aufzusteigen. Er musste Sidara also auf den Zahn fühlen und ihn auf elegante Weise freundschaftlich auf seine Grenzen aufmerksam machen. Anderenfalls würde man zu drastischeren Mitteln greifen müssen, solche Alleingänge künftig zu unterbinden. Deshalb bemühte der Commendatore immer wieder den Begriff „Respekt". Zum Abschluss des Abends bestellte der Commendatore Tiramisu. Ein philosophisches Dolce, sagte er bedeutungsvoll: Richte mich auf, ziehe mich empor! Aber der Hotelier verstand den Wink nicht.

Das alles hat Aniello Sidara mit seinem hohen Gast bei dem opulenten Abendessen besprochen: im Hinterzimmer unter dem Bildnis der Madonna von Polsi. Ohne Zeugen. Seine Frau Ingrid hatte Aniello zum Friseur nach München geschickt. Als sie anderentags zurückkam, war der Gast längst wieder in seiner verdunkelten Limousine abgereist und nicht mehr erreichbar.

Nur ich saß hinter der Wand und hörte jedes Wort der heiklen Unterhaltung mit.

Der Hotelier hatte seinen Gast spät in der Nacht zu seinem Auto gebracht, wo der schwarz gekleidete Fahrer bereits die hintere Türe geöffnet hatte. Zum Abschied hatte der Commendatore seinem Gastgeber ein Zitat aus Lampedusas *Gattopardo* zugerufen: „Wir waren die Adler, die Löwen, die Leoparden. Unseren Platz werden die Schafe, die Hyänen und die Schakale einnehmen. Aber in einem gleichen wir uns: wir alle nämlich glauben, wir seien das Salz der Erde."

Der Commendatore hatte den Hotelier leicht geküsst und mit seiner schwarz behandschuhten Hand lässig gegrüßt. In diesem Augenblick hätte Aniello Sidara zum zweiten Mal begreifen müssen, dass etwas gegen ihn im Busch war. Aber vielleicht war er zu berauscht von der Gnade, die ihm der Commendatore erwiesen hatte, vielleicht hatte er aber auch zu viel Rotwein getrunken und zu viel gegessen. Hatte er in seiner parzifalischen Naivität in den Augen der Ehrenwerten Gesellschaft einen unverzeihlichen Fehler begangen, weil er zu viele Töpfe auf dem Herd hatte?

Dabei wollte er doch nur die alte Regel der Polarforscher befolgen und sich auf seinem langen Weg zur Cupola unterwegs Vorräte anlegen.

Eine später stattfindende sorgfältige Überprüfung der Bücher Sidaras ergab keinen verdächtigen Anhaltspunkt. Alles war korrekt, auch seitens des Finanzamtes sowie der Bank gab es keinerlei Auffälligkeiten oder Unregelmäßigkeiten zu vermelden. Von dem großen schweren Rimowakoffer unbekannten Inhalts, den der Commendatore bei seinem Freund „vorübergehend zur Aufbewahrung" untergestellt hatte, wusste die Polizei nichts. Wie sollte sie auch? Ein Koffer mehr oder weniger fällt in einem Hotel nicht auf. Deshalb beschloss man höheren Orts im LKA, den unglücklichen Hotelier, der bekanntlich seit seiner Jugend einen mächtigen Schlag bei den Frauen hatte und nichts anbrennen ließ, als Opfer eines Liebesdramas zu betrachten und die Politik außen vor zu halten. Das sei eine rein private Angelegenheit gewesen. Derlei machten Italiener für gewöhnlich unter sich aus. Das kenne man aus dem Kino. Alles andere seien ohnehin nur Spekulationen, Phantastereien und aufgebauschte Geschichten. Schließlich war man hier im Allgäu und nicht in Palermo.

Aus dem Sammelordner

Der Mehrfachmörder Hugo Schenk stellte sich laut der Monatsschrift für Kriminalpsychologie September 1930 *ein ausgezeichnetes Menü zusammen, das die besten und teuersten Delikatessen enthielt. In den letzten zehn Stunden rauchte er dreißig schwere Zigarren.*

Die Witwe

Über Nacht wird Ingrid Sidara Witwe. Sie gleicht einer Mater Dolorosa aus einem Film: eine Mischung aus Irene Papas und Jeanne Moreau. Aber in Blond. Sie trägt Schwarz, ihr oszillierender Blick geht durch die Menschen hindurch, denen sie begegnet. Oder ihre Augen tranchieren ihr Gegenüber regelrecht. Sie zeigen unmissverständlich, wie sie künftig die Geschäfte ihres Mannes zu führen gedenkt. Frauen taxieren tuschelnd ihre Garderobe auf mindestens 5.000 Euro. Alle, Hotelgäste wie Angestellte, Freunde und Trauernde, bewundern, wie gefasst die Witwe ist. Niemand wagt es, sie anzusprechen. Sobald sie ins Freie tritt, verdeckt eine große dunkle Sonnenbrille ihre Augen.

Die Witwe wird von nun an nicht nur das ganze Trauerjahr täglich auf den Friedhof gehen und jeden Sonntag mit einem schwarzen Schleier auf dem Kopf die Messe besuchen, sie wird auch das Unternehmen des Verstorbenen in seinem Sinne weiterführen, denn als ehemalige Bankangestellte versteht sie etwas vom Business.

Der Verstorbene hielt es bei seinen finanziellen Unternehmungen stets so, dass er eine Vertrauensperson mit den Kaufverhandlungen beauftragte. Zur Übernahme von diversen Objekten riet ihm sein Sohn, eine Gesellschaft zu gründen und Beteiligungen festzulegen. Dabei stammten die Konzessionäre in der Regel aus der Verwandtschaft und hielten sich als stille Teilhaber im Hintergrund. Die Herkunft der Investitionsgelder passte zwar bisweilen nicht zum Einkommen der Teilhaber, zumal diese meist nur eine kleine Pizzeria, eine Gelateria, eine Modeboutique oder ein Lädchen mit italienischen Spezialitäten betrieben. Glücklicherweise musste die Herkunft der Gelder in Deutschland aber nicht genauer nachgewiesen werden, und das Abhören der Telefonate war, im Gegensatz zu Italien, nahezu ebenso unmöglich wie die Beschlagnahme von Gütern und Eigentum zweifelhafter Herkunft. Ein Hotel- und Gastronomiebetrieb bot alle denkbaren Vorteile. Man konnte bestens Kontakte zu lokalen und überregionalen Politikern und Prominenten knüpfen, Bankdirektoren großzügig bewirten, seinen Ruf als generöser Gönner festigen nach dem Motto „Tue Gutes und sprich darüber", man konnte Geschäfte planen und besprechen, Gelder waschen und sich ruhig und zwanglos in die bessere Allgäuer Gesellschaft integrieren. Man spielte die Rolle des noblen uneigennützigen Schutzherrn, an den sich jeder wenden konnte, der Hilfe brauchte, denn man wusste genau, dass man damit nicht nur sein Ansehen, sondern auch seine Macht vergrößerte. Wozu sollte man seine Konkurrenten einschüchtern, wenn man sie kaufen konnte? Wirtschaftskriminalität ist besser als jeder Bankraub. Die Strafen sind außerdem milder.

Ingrid Sidaras Erbe besteht aus Immobilien, Fonds, Aktienpaketen und Versicherungsbeteiligungen im In- und Ausland. Dazu kommen Anteile an internationalen Recyclingunternehmen und Windparks vor der Küste Schwedens. Sie wird die Immobilien gewinnbringend verwalten, ebenso die Aktienanteile und Fonds, sie wird die Versicherungsbeteiligungen abstoßen, wenn sie zu wenig einbringen und dafür neue erwerben, die eine erfolgreichere Performance versprechen. Selbstverständlich wird sie die Auslandskontakte ihres verstorbenen Ehemannes insbesondere nach Kolumbien weiterhin pflegen: Das ist sie dem Verstorbenen schuldig.

Sie wird handeln, wie sie es von ihrem Ehemann gelernt hat und wie es die Società von ihr erwartet, eingedenk der Tatsache, dass schon im ersten großen Mafia-Prozess von 1927 sieben Frauen sich unter den Verhafteten befinden. Zweifelsfrei wird die Witwe Sidara ein *boss in gonnella*, ein Boss im Rock, werden, hart, unerschrocken und unerbittlich. Längst kann sie mit Waffen hantieren, sie war schon immer ein wildes Mädchen, das sich hinter einer zarten Figur und einem harmlos wirkenden Kindchengesicht versteckt hat. Mit Geld umzugehen hat sie beruflich gelernt, und wie man an öffentliche Aufträge herankommt und die Kommunalpolitiker umgarnt, weiß sie als Tochter eines Hoch- und Tiefbauunternehmers sehr genau. Sie wird die Politiker eng an sich binden, bis sie nach ihrer Pfeife tanzen und es nicht einmal merken. Alles, was der Famiglia schaden könnte, wird sie aus dem Weg räumen, bis sie als *capomandamento*, als Bezirksboss, akzeptiert ist. Sie kennt die Geschichten der Mafiafrauen, weiß, wer Assunta Maresca war, genannt La Pupetta. Aber im Gegensatz etwa zu Giusy Vitale, die es bis an die Spitze eines Clans geschafft hat, wird sie am Ende nicht zur *pentita*, zur Verräte-

rin werden, sondern es eher Nunzia Graviano gleich-
tun, die zur Finanzexpertin ihres Clans wurde: fachlich bestens ausgebildet und informiert, qualifiziert,
um sich um Börse und Portfolios zu kümmern. Als
kompetente Ansprechpartnerin für Anlagegeschäfte
wird sie neue internationale Verbindungen knüpfen
und möglicherweise, wie Nunzia, ihren Hauptsitz
ins Ausland, etwa an die Côte d' Azur, verlagern. Sie
hatte schon immer eine Schwäche für Monte Carlo.
Nunzia Graviano war ins Glücksspielbusiness einge-
stiegen und hatte Automaten und einarmige Bandi-
ten für sich arbeiten lassen. Auch sie würden einen
Weg ins Allgäu finden, das Spielkasino Riezlern im
Kleinwalsertal war nicht weit. Ja, als Witwe würde
Ingrid Sidara eine der *donne d'onore* werden.

Aus dem Sammelordner

In Birma erfährt der König von einer Verschwörung der Pona, der seine Frau zum Opfer gefallen ist. Er lässt daraufhin die gesamte Sippe auf einem Feld eingraben und dann ihre Köpfe abpflügen. Der eingesperrten Tochter des Pona-Clans jedoch wird jeden Tag ein kleines Stück ihres Fleisches abgeschnitten, vor ihren Augen zu Curry verarbeitet und zum Essen aufgezwungen.

Die Konferenz von Monza

Wenige Wochen nach meinem Aufenthalt im Allgäu, währenddessen ich aufgrund des plötzlichen Todes meines Freundes und Hoteliers Aniello Sidara nicht so recht zum Arbeiten gekommen war und meine Forschungen zum Thema der Henkersmahlzeit stagnierten, reiste ich nach Mailand. Dort lagerten, wie ich wusste, im Archivio di Stato di Milano in der Via Senato 10 eine Reihe jener Dokumente, die mich in meiner Abhandlung über die Kulturgeschichte der Henkersmahlzeit ein erhebliches Stück voranbringen würden.

Da samstags das Archiv bereits um 13.45 Uhr schließt, beschloss ich, mit dem Zug ins benachbarte Monza zu fahren. In Sesto San Giovanni musste ich umsteigen und dachte dabei an den Tunesischen Terroristen Anis Amri. Beim Anschlag auf dem Berliner Weihnachtsmarkt an der Berliner Gedächtniskirche ermordete er am 19. Dezember 2016 den Fahrer eines

Sattelzugs, brachte das Fahrzeug in seine Gewalt und steuerte es in den Weihnachtsmarkt. Elf Menschen starben, 55 weitere wurden zum Teil schwer verletzt. Der flüchtige Attentäter konnte unkontrolliert durch halb Europa reisen, bis er am 23. Dezember 2016 bei einer nächtlichen Personenkontrolle auf der Piazza 1 Maggio in Sesto San Giovanni von einem jungen italienischen Polizisten erschossen wurde.

Viele Jahre verband mich mit Monza nichts weiter als eine alte Schachtel. Sie stammte von der dort ansässigen Firma *Bettini* und diente zur Aufbewahrung jener köstlichen lombardischen Kuchenspezialität aus Weizensauerteig mit kandierten oder gegorenen und getrockneten Früchten und Rosinen, die traditionell zur Weihnachtszeit hergestellt und zu süßem Wein verzehrt wird.

Sieht man einmal von jenem geistlosen Autorennen ab, das jährlich die Stadt auf den Kopf stellt, so ist das idyllisch am Flüsschen Lambro gelegene Monza ein recht gemütlicher Ort vor den Toren Mailands, mit einem behaglichen kleinstädtischen Tempo, hübschen Cafés und entzückenden Antiquitätenlädchen, in denen man allerlei kuriose Kostbarkeiten finden kann. Monza ist auch noch die ein wenig verschlafen wirkende Hauptstadt der Provinz Monza und Brianza mit dem Kaufhaus *La Rinascente*, dessen Name Gabriele d'Annunzio erfunden hat. Die ehemals von den Fürsten Visconti abhängige Stadt war Ziel und Ausgangspunkt der ersten Eisenbahnlinie in Norditalien und Schicksalsort für König Umberto von Italien, der in ihren Mauern am Abend des 29. Juli 1900 von dem Anarchisten Gaetano Bresci ermordet wurde.

Zu den Sehenswürdigkeiten zählt neben dem sogenannten Arengario, einem imposanten Rats- und Gerichtsgebäude, der Dom, zu dessen Schätzen neben dem Evangeliar der Königin Theudelinde jene Eiserne Krone zählt, mit der einst die lombardischen Könige gekrönt wurden und mit der sich auch Napoleon I. geschmückt hat.

Wer im weitläufigen Park der von Kaiserin Maria Theresia nach dem Vorbild von Schloss Schönbrunn in Auftrag gegebenen Villa Reale von Monza spazieren geht, einer Anlage, die zweieinhalbmal so groß ist wie der Central Park in New York, dem werden die vielen Raben auffallen, die im Gras picken oder ihre kunstvollen Runden durch die Lüfte drehen. Im Park befindet sich ein verborgenes hübsches Café, ein idealer Treffpunkt für Liebespaare. Nachdem ich dort meinen extra heißen Cappuccino genommen hatte, kehrte ich um und ging Richtung Villa Reale. Dort

standen wieder einige schwarze Limousinen mit ab-
gedunkelten Fenstern, wie sie mir schon im Allgäu
vor dem *Grandhotel Garibaldi* aufgefallen waren, und
davor junge muskulöse Männer in engen Anzügen
gelangweilt vor den Autos, oder polierten sie an ihnen
herum. Hohe Führungskräfte der Società hatten sich
zu ihrer turnusmäßig stattfindenden Regionalkonferenz, der *Commissione Provinciale*, verabredet.

Der Commendatore stellte mich als Consigliere in
spe vor, die Runde betrachtete mich ebenso skeptisch
wie aufmerksam. Dann begann das Meeting.

Auf dem Tisch standen die üblichen Fläschchen mit
Mineralwasser und Fruchtsäften. Alkohol war während des Meetings verpönt. Es ging zu wie bei jeder
x-beliebigen Aufsichtsratssitzung. Die Herren trugen
ausnahmslos dunkle Anzüge mit Weste und korrekt ge-
knüpfter Krawatte. Es gab keine schrillen Farben und
keine hohen Töne. Man respektierte sich und wusste,
wen man vor sich hatte. Noblesse oblige. Zu Beginn
der Regionalkonferenz hielt der Commendatore ein
Referat über Zukunftsperspektiven der Ehrenwerten
Gesellschaft. Im historischen Teil verdeutlicht er in
einem knappen Aufriss, wie die als Gastarbeiter nach
Deutschland eingewanderten Vorfahren anfänglich

isoliert waren und, in ethnisch homogenen Vierteln untergebracht, wenig Kontakt zu Einheimischen fanden und von sozialer Mobilität ausgeschlossen waren. Frustration und Not seien oft Hand in Hand mit dem Wunsch gegangen, es gesellschaftlich nach oben zu schaffen. Man habe sich allerdings zu helfen gewusst, und nicht selten sei die Sprache oder die gemeinsame dörfliche oder kleinstädtische Herkunft ein wichtiges Verbindungsglied gewesen: „Der heimische Dialekt schützte und stärkte uns, und ausländische Behörden taten sich unendlich schwer zu verstehen, was gesprochen wurde. Diejenigen, die es mit illegalen Geschäften zu einigem Erfolg gebracht hatten, nutzten das erworbene Ansehen, nach und nach legale Geschäfte aufzubauen und zu Wohlstand zu kommen." So sei der Platz frei geworden für die Nachrückenden, die es bis dato noch nicht geschafft hatten. Aus dieser Gruppe habe man gute Mitarbeiter rekrutieren können.

Mit den Jahren jedoch habe sich, wie man am Allgäu sehen könne, der Rückzugsraum zum Aktionsraum gewandelt. Selbstverständlich sei es darauf angekommen, bereits vorhandene Logistik weiter auszubauen und zu perfektionieren. Auf diese Weise seien zunehmend internationale Netzwerke entstanden, welche die Konkurrenzbehörden vor große Probleme stellten. Tarnfirmen in den Sparten Gastronomie, Gebrauchtwagenhandel, Immobilien, Touristik und Spezialitätenhandel seien bestens geeignete operative Plattformen geworden, sodass die Filialen im Ausland sogar wichtiger wurden als das Mutterhaus in Italien. Gewiss habe man sich um Revierabgrenzungen kümmern müssen, doch seien besonders Produkte, die nicht oder nur zu überhöhtem Preis auf dem legalen Markt zu erwerben waren, ideale Türöffner in neue Marktsegmente gewesen. Die Entstehung globaler Märkte allerdings fordere und fördere die Bildung strategischer Allianzen. Langfristige Gewinne könnten nur gesichert werden, wenn es gelinge, in neue Märkte einzutreten beziehungsweise bereits vorhandene Marktanteile auszubauen. Dabei habe sich eine internationale Arbeitsteilung durchaus bewährt, zumal es zu einer Distribution der Kompetenzen gekommen sei: Logistik, Performanz und Verschleierung von Geschäften könnten durchaus in unterschiedlichen Händen sein, solange das gemeinsame Ziel der Gewinnmaximierung nicht aus den Augen verloren werde. Strategische Allianzen und Kooperationsmodelle reduzierten überdies das Geschäftsrisiko und dienten erfahrungsgemäß der Erschließung neuer Märkte. Es habe sich gezeigt, dass gegenseitige

Verträge und Abkommen trotz geographischer Entfernungen, kultureller Unterschiede und Gewaltverzicht traditionelle Konfrontations- und Konfliktmodelle als dysfunktional entlarvt hätten.

Die Società müsse erkennen, dass in der modernen digitalen Welt Grenzüberschreitung kein Tabu mehr sei. Standortfragen seien letztlich nur im Zusammenhang mit der Durchsetzung ökonomischer Interessen und des Schutzes vor Strafverfolgung von Bedeutung. Der technologische Fortschritt habe die Kommunikationsformen und deren Wege revolutioniert. Die althergebrachte sprachlastige Geschlosenheit sei heute obsolet. Die ethnische Basis sowie die Traditionspflege als Argument der Zugehörigkeit haben entscheidend an Bedeutung verloren. Überdies sei die Transformation höherer Geldsummen nicht mehr auf Kuriere angewiesen, sondern lasse sich elegant auf elektronischem Wege erledigen.

Die Tage der Schießereien und Bombenattentate seien vorbei. Das sei Kino! Dies solle unbedingt beachtet werden, daran wolle man sich künftig halten.

Später werden nicht nur die momentanen Geschäftslagen und Bilanzen besprochen, sondern es kommen auch aktuelle Unternehmungen und Zukunftsperspektiven zur Sprache. Der Commendatore schwärmt von der Öko-Geschäftsregion Allgäu, denn die Bewohner dieses gesegneten Landstriches mit den geopolitischen Vorteilen der kurzen Wege vor allem in die Schweiz seien samt und sondern kreuzbrave Leutchen, ausschließlich interessiert am Profitmachen und Häuslebauen, fast durch die Bank CSU-Wähler und deshalb den Praktiken des Syndikats gegenüber durchaus aufgeschlossen, zumal die CSU selbst von Fall zu Fall syndikatsähnliche Strukturen und Praktiken aufweise.

Der Commendatore empfahl bei dieser Gelegenheit den Anwesenden, den Allgäuer Bürgermeistern und Landräten klarzumachen, dass der Kauf von Wählerstimmen zu den leichtesten Übungen der Ehrenwerten Gesellschaft zähle. Was in Kalabrien und Sizilien wie geölt funktioniere, das klappe auch im Allgäu: Politiker seien weltweit käuflich, ergo auch im Allgäu. Nicht vergessen werden sollten die interessanten Steuerkonzepte in den mit Banken bestückten Nachbar-Enklaven Jungholz und Kleines Walsertal. Zwar wurde den Schwarzgeldgeschäften von Privatanlegern mittlerweile ein Riegel vorgeschoben, aber die Geldwäsche über diverse Umwege, also über Bande, wie Kenner sagen, funktioniert nach wie vor, denn wo ein Wille ist, da ist immer auch ein Weg.

Summa summarum gebe es für das Syndikat momentan kein geeigneteres ausländisches Operationsfeld als das Allgäu. Selbst italienische Staatsanwälte geben unverhohlen zu, ihr Geld in Deutschland anzulegen, sofern sie Mitglieder der Ehrenwerten Gesellschaft wären.

Sodann äußert sich der Commendatore zufrieden über die rasche und lautlose Lösung der kurzfristig aufgetretenen Personalprobleme im Allgäu. Noch erfreulicher werde dies durch den erfolgreichen Erwerb von Industriebrachen (Entsorgung inklusive), leer stehender Teile einer ehemaligen Kaserne sowie alter Baracken und Offizierswohnungen aus den fernen Tagen der amerikanischen Besatzung. Es sei gelungen, mit Hilfe einiger diskreter Vergünstigungen diese Immobilien an die jeweiligen Kommunen zu vermieten. Mit ein wenig Basisreinigung, weißer Farbe, bunter Auffrischung und mobiliarer Grundausstattung einfachster Art eigneten sich diese Unterkünfte hervorragend als Lager für Migranten. Mehr Rendite sei schlechterdings nicht vorstellbar. Die Ehrenwerte Gesellschaft betrachte dies als Versuchsanordnung, um deutschlandweit in das blühende Migrationsbusiness einzusteigen. Da stecke eine Menge Musik drin: vom

Reinigungsdienst über Sozialarbeiter, Wach- und Sicherheitsdienste, Supermärkte bis hin zu Übersetzern. Sie alle könnten von untergeordneten Mitarbeitern ohne viel Aufwand vor Ort organisiert, dirigiert, in diverse Firmen übergeleitet und bequem abgeschöpft werden. Das Syndikat wacht über alle, denn im Allgäu sage man: Wer zahlt, schafft an. Ganz zu schweigen von den billigen Schwarzarbeitern auf dem Bau oder auf dem Feld. Außerdem benötigen diese Leute Dokumente, die wir besorgen können. Dies sei eine weitere Motivation für die Società minore, die Subunternehmer, sich innerhalb der Società einen guten Namen zu machen und sich nach oben zu arbeiten. Das schmutzige Schleppergeschäft könne man getrost der nigerianischen Mafia und deutschen Gutmenschen überlassen. Wichtig sei, wer in der Asylindustrie am Ende der Abschöpfungskette an der Kasse sitze. Letztlich sei alles eine Frage der sinnvollen Arbeitsteilung.

Was jedoch die durchaus präsentablen jungen Mädchen aus dem dunklen Erdteil angehe, so empfehle sich, auf sie ein besonderes Augenmerk zu haben. Jeder wisse im Allgäu, wo er das größte und modernste Laufhaus mit internationaler Besatzung finde: im Schatten von Schloss Neuschwanstein. Die segensreiche Einrichtung, die sich „Palmenhaus" nenne, werde bekanntlich von einem Konsortium weniger Familien des Syndikats kontrolliert, von denen die eine für die Akquise, die zweite für Personalfragen und die dritte für die medizinische Versorgung und das Catering zuständig sei, worunter bekanntlich nicht nur gepantschte Alkoholika, sondern auch gestreckte Stimulantien und psychotrope Substanzen von gemeinem Gras bis hin zu Crystal Meth gehören. Der aus diesem Businesszweig abgeschöpfte Gewinn orientiere sich an alten apostolischen Verfahrensweisen aus dem 15. Jahrhundert. Die Eintrittsgelder in die damaligen Freudenhäuser sowie der Unkostenbeitrag der Liebesdienerinnen ist bekanntlich zum überwiegenden Anteil in die künstlerische Ausgestaltung der Sixtinischen Kapelle geflossen. Auch die Società investiere in Kunst. Die jährliche Kunstausstellung *AA,* das für *arte-allgäu* steht, sei ein lukratives Trainingsfeld, und wer wisse schon, ob nicht eines Tages ein großer, d. h., gewinnbringender Künstler aus der Region hervorgehe. Es wäre doch ein Jammer, wenn er in die Hände von stumpfsinnigen Kreissparkassendirektoren und kulturgeilen Chefärzten fiele.

Der Commendatore legt seine Stirn jedoch in Sorgenfalten, als er auf die Geschäftspraktiken diverser

Mitbewerber zu sprechen kommt, die nicht nur in Hamburg und Berlin marktbestimmend zu werden drohen. Er spricht von arabischen Clans, die in die bisher als sicher geltenden Geschäftsfelder des Syndikats vordringen, und er zeigt Abscheu angesichts ihres gänzlich unmöglichen und nicht länger hinnehmbaren Benehmens, das allen Regeln und Kodizes der Ehrenwerten Gesellschaft diametral entgegenstehe. Das rücksichtslose Vorgehen der Araber bringe Unruhe und Unfrieden in die durch Absprachen und Friedensverträge beruhigten Regionen, weil diese sich nicht daran gebunden fühlten. Deshalb appelliere er in aller Dringlichkeit an die Bezirksvorstände, sich nicht provozieren zu lassen und vorerst die Füße stillzuhalten, bis weitere Beschlüsse gefasst würden. Notfalls könne man auch vom Erfurter Modell lernen, das eine Kooperation mit Russen und Tschetschenen im Probelauf habe. Sollen sich die Araber doch durch das übersättigte Drogengeschäft selbst ruinieren, wer schlau sei, der setze auf ganz andere Projekte, die mehr Zukunft hätten. Er rate dringend dazu, die Start-ups begabter Kreativer zu fördern, anstatt den alten Träumen nachzuhängen.

Fazit des Commendatore bei der Regionalkonferenz (für das nicht öffentliche Protokoll):

Wie es mit dem Allgäu weitergehe, werde auch künftig in der Villa Reale di Monza entschieden, indes die Allgäuer kuhäugig glaubten, sie selbst seien ihres Glückes Schmied.

Verabschiedet wurde ein Fünf Punkte-Programm als Leitlinie:

- Ausbau des Allgäus als Ressort für die Ehrenwerte Gesellschaft durch Intensivierung der Imagepflege der Bärenmarkenidylle
- Aufweichung vorhandener politischer Binnenstrukturen
- Intensivierung des Strukturwandels in den Bereichen Fremdenverkehr und bauliche Infrastruktur
- Ökologie als Zukunftsmarkt
- Nachwuchsförderung durch Rekrutierung aus Höheren Schulen

Am Abend nach der Konferenz traf sich die Ehrenwerte Gesellschaft, um den 75. Geburtstag eines Malers namens Giovanni Viuzza zu feiern, der es weniger aufgrund seiner künstlerischen Meriten als seiner Karriere als Aktivist der Lega zu einiger regionaler Berühmtheit gebracht hatte. Die launige Laudatio hielt wiederum der Commendatore, der nicht müde wurde, politischen Weitblick, gepaart mit innerparteilicher Zuverlässigkeit und kultureller Bedeutung des Jubilars insbesondere für die Brianza zu loben. Was Verdi für Mailand, das sei Viuzza für die Brianza: ein ewig leuchtender Fixstern am Firmament der Politik und Kunst gleichermaßen. Nur wenige ältere Teilnehmer an den Feierlichkeiten erinnerten sich an den einstigen Skandal, der mit dem Namen Viuzza verbunden war. Hatte sich der Kunstmaler und Berater einiger Politiker doch in seiner Sturm- und Drangzeit einst eine saftige Vorstrafe eingehandelt. Er hatte nämlich vorzugsweise junge Lehrmädchen belästigt und sich im Stadtbad an Minderjährige herangemacht. Er soll sich auch, Gerüchten zufolge, unter falschem Namen als Telefon-Erotiker betätigt haben, was unter dem Begriff der Telephonanie geläufig war. Da die Beweise durch mehrere unabhängig voneinander auftretende Zeugen überwältigend gewesen waren, hatte man Viuzza zu einer Geldstrafe verdonnert, die Revision aber abgelehnt. Als der Verurteilte wenige Jahre später politische Ämter anstrebte, fiel ihm diese Verurteilung, die zunächst unter der Decke gehalten worden war, auf die Füße. Er hat es nicht einmal zu einem Sitz im Stadtparlament gebracht und musste künftig als Provinzkünstler, schließlich als verdienter

Parteisoldat und Intrigenflüsterer im Mannschafts-
grad sein Dasein fristen. Wer keine Ahnung von einer Sache hat, wird meist Berater. So erging es auch
ihm. In Mailand hat er nie ausgestellt. Er kam nur
bis Monza. Davon war jedoch in der Lobeshymne des
Commendatore mit keiner Silbe die Rede. Vielmehr
erhob er am glücklichen Ende seiner geistreichen
Ausführungen sein Glas und rief dem Geburtstags-
kind sowie der Festversammlung jene Worte zu, die
Mafiosi bei solchen Gelegenheiten traditionell verwenden: *Cent' anni* – auf hundert Jahre!

Aus dem Sammelordner

„Obschon manche Tatsachen dafür sprechen, dass das Henkersmahl ursprünglich ein Mahl von Henker und Verurteiltem war, wenngleich sie nicht körperlich zusammensaßen, ist das Henkersmahl unserer Tage ein einsames Essen geworden."

Hans von Hentig

Ein Anruf

Jemand hatte ein Auge auf mich. Ich fuhr, beobachtet von einem gut gekleideten Mann kräftiger Statur und mittleren Alters, nach Ende der Regionalkonferenz nach Mailand zurück, stieg wiederum in Sesto San Giovanni um, und widmete mich über mehrere Tage erneut meinen Studien zur Geschichte der Henkersmahlzeit. Jetzt wurde mir auch das Henkersmahl der sechs Erschossenen der 'Ndrangheta vor der Duisburger Pizzeria *Da Bruno* verständlich, ebenso wie jenes Geschäftsessen im Allgäuer *Grand Hotel Garibaldi* zwischen meinem Freund Aniello Sidara und jenem Commendatore, einem Ehrenmann, dessen Name ich allerdings aus guten Gründen verschweigen werde. Ich achte das Gesetz der *omertà*. Dieses Wort kommt angeblich von uomo (Mensch; Mann), im Sinne von: Ein Ehrenmann kann schweigen.

Am Abend vor meiner Heimreise erreichte mich im Mailänder *Mandarin Oriental* ein Anruf, der mich die halbe Nacht schlecht schlafen ließ. Es war die Witwe Sidara mit den knochigen Schultern und den kalten Augen, von der ich nichts mehr gehört und die ich seit dem feierlichen Begräbnis ihres Mannes nicht mehr gesehen hatte. Ihre Stimme klang butterweich und einschmeichelnd und bildete einen scharfen Kontrast zu dem Eindruck, den ich bei meinen wenigen Begegnungen mit dieser Frau hatte. Woher wusste sie, wo ich mich befand? Sie bekannte freimütig, sie habe schon länger ein Auge auf mich geworfen, im Grunde genommen seit unserem ersten Zusammentreffen im *Garibaldi*, doch hätten es seinerzeit Sitte und Anstand geboten, mir gegenüber distanziert aufzutreten. Schließlich sei sie die Frau des Padrone gewesen. Jetzt müsse sie darauf keine Rücksicht mehr nehmen. Außerdem habe sie jenseits der Angaben, die ihr Verblichener über mich gemacht habe, eigenständig Erkundigungen eingeholt und diskret Nachforschungen angestellt, sie wisse mittlerweile alles, wirklich alles über mich, weitaus mehr, als der gute Aniello gewusst habe, Gott sei seiner armen Seele gnädig. Und das sei schon eine ganze Menge gewesen. Eine Frau, flötete sie mir ins Ohr, habe ohnehin mehr Möglichkeiten, sich über einen feinen Herrn zu erkundigen, weil sie eine effizientere Vorgehensweise auszeichne. Zu allem Überfluss habe sie mich auch noch die ganze Zeit beschatten lassen, wie sie lachend gestand, als handle es sich um einen Partyscherz.

Nach all dem verschmierten Honig um den Mund rückte sie mit ihrem eigentlichen Anliegen heraus: Sie habe sich entschlossen, das *Grand Hotel Garibaldi* zu verkaufen und benötige hierbei juristischen Beistand, auch und gerade, weil es innerhalb der Famiglia den Besitzer wechseln solle. Die Kinder seien nicht nur aus dem Haus, sondern gingen eigene Wege und seien bestens versorgt, und ehe sie sich langweile, habe sie beschlossen, noch ein paar lukrative Geschäfte und ein schönes, abwechslungsreiches Leben zu führen. Finanzielle Sorgen müsse sie sich keine machen, sie sei eine glänzende Partie, doch wolle sie nicht noch einmal auf einen Italiener hereinfallen, sondern … Und hier legte sie eine Kunstpause ein, um mir die Vollendung des Satzes zu überlassen. Mir schwante sofort, worauf sie hinauswollte, denn sie hatte es nicht versäumt, in ihre Schmeicheleien auch die Tatsache einfließen zu lassen, dass wir beide ja nunmehr verwitwet seien und doch ein durchaus präsentables Paar abgäben: Geld und Intelligenz. Das sei doch eine ideale Kombination. Ich kam gar nicht dazu, ein wenig Atem zu holen und der Süßholzraspelei Einhalt zu gebieten. Sie schloss diese Phase des Telefonats nach einer kalkuliert gesetzten Pause und meinte, ohne gute Anwälte könnte kaum ein Familienmitglied ein gutes Geschäft machen.

Dann machte sie mich auf die ausgebuffte Strategie italienischer Wohltätigkeitsorganisationen aufmerksam, die öffentliche Gelder in Millionenhöhe für die Versorgung von Einwanderern abgeschöpft haben. Derlei plane sie auch im Allgäu. Man müsse es juristisch so geschickt anlegen, den Zuschlag für Verträge zur Aufnahme von Migranten ins Allgäu zu erhalten. Dabei müsse ich ihr als Consigliere behilflich sein. Immerhin sei es den Italienern gelungen, von den geflossenen acht Millionen Euro mehr als die Hälfte für private Zwecke abzuzweigen. Und das alles ganz legal! Außerdem solle ich bei den örtlichen Gerichten gewisse Deals einfädeln, die inhaftierten Mitglieder der Famiglia nach italienischem Vorbild zur Sozialarbeit in Flüchtlingsunterkünften einzusetzen und damit kompensatorisch Strafnachlass zu gewähren. Das sei doch eine Win-win-Situation: Der deutsche Staat müsse weniger für die Häftlinge bezahlen und zugleich sei ihm bei der Versorgung der Migranten geholfen. Und die Famiglia könne sich besser um ihre Sorgenkinder kümmern.

Die Vorfälle im Mittelmeer und um den Hafen von Lampedusa hätten sie überdies auf die Idee gebracht, im Namen der Famiglia einen ausrangierten Fischkutter zu kaufen, damit schwarze Gelder mit den Spenden von Gutmenschen zu waschen und sich überdies noch die Subventionen aus Brüssel zu sichern. Die katholische Kirche spende großzügig, wie das Erzbistum München-Freising zeige, Radio Sant'Angelo würde weltweit die Gläubigen zu Spenden aufrufen. Dann könnte das Schiff, eine Kreuzung aus Cap Anamur und Sea Watch, das von Don Episcopo, Stadtgeistlicher von Campodivespe, auf den Namen *Aniello Sidara* getauft werden solle, vor der Küste nordafrikanischer Länder kreuzen und sich gleichermaßen gut von Schleppern und Migranten bezahlen lassen. Sie habe erkannt, welch zukunftsträchtiges Potential im Geschäft mit den Migranten liege. Ohne das verbindende Glied der „Seenotrettung" funktioniere das Schleusermodell nämlich gar nicht. Die Schlepper und Schleuser setzten die Migranten in marode Boote, fahren sie aufs Mittelmeer hinaus, verabschiedeten sich brüderlich und kehrten im Beiboot zurück in ihren sicheren Hafen.

Unterdessen warteten die „Seenotretter" bereits, denn ihre Routen und Lagekoordinaten seien den Schleusern ja bestens bekannt. Der Transfer funktionierte auf diese Weise prima, selbst wenn man pro Kopf den Dumpingpreis von 300 Dollar annehme. Zwar verkünde die Bundesregierung, Seenotrettung dürfe nicht als Instrument der Steuerung von Migration betrachtet werden, doch die tägliche, von den Medien hochhysterisierte Praxis widerspreche dem augenfällig. Sie als einfache Frau, die eins und eins zusammenzählen könne, sage voraus, über kurz oder lang werde die Mittelmeerroute der Migranten legalisiert, sofern Deutschland begeistert alle Migranten aufnehme. Damit würde auch ein weitblickender Politiker wie Matteo Salvini einverstanden sein, zumal sich daraus wunderbar Kapital schlagen lasse.

Die Famiglia müsse sich dranhängen, sie könne sich diesen „Superdeal" unmöglich entgehen lassen, und steuern könne man die Angelegenheit zentral durchaus vom unverdächtigen Allgäu aus, denn vor Ort habe man genug *soldati*, die sich bewähren wollen. Freilich benötige sie hierbei wiederum sachkundige juristische Hilfe und jemanden, der bei den politischen Institutionen ein gewisses Ansehen genieße. Ich sei dafür der ideale Mann. Was ich von diesem

Angebot hielte? Ich müsse es, weiß Gott, nicht umsonst machen, und ablehnen könne ich nicht, denn ich könne zwar davonlaufen, mich aber nicht verstecken. Sie finde mich immer und überall, schließlich sei ich, hier wurde sie spöttisch, der Consigliere ...

Einen wichtigen Aspekt dürfe man nicht übersehen: Die Gründung eines effizienten privaten Sicherheitsdienstes, denn selbst die Allgäuer hätten vor der stetig wachsenden Anzahl von Schwarzafrikanern und Arabern, ihren Einbrüchen, Messerstechereien und Vergewaltigungen Angst. Ihr herrisch-verachtendes Auftreten schüchtere vor allem ältere Menschen ein. Unsicherheit mache sich breit, Villen wollten geschützt, Kinder reicher Eltern zur Schule begleitet, Firmengebäude mussten bewacht werden, kurz: ein Wachdienst, der Objekt- und Personenschutz anbietet und zugleich videogestützte Überwachungssysteme garantiert, sei ihr Ziel. *Sidara-Protect* solle die neue Firma heißen und zertifiziertes Mitglied sein im Bundesverband Deutscher Wach- und Sicherheitsunternehmen. Die jungen *soldati* der Famiglia stünden bereit für einen Vierzig-Stunden-Kurs bei der Industrie- und Handelskammer, indes ihr Sohn als Anwalt im Bereich der Internet-Abmahnungen seine Bilanzen auffrischen könne. Er würde auch die lukrativen

Verträge mit den Kommunen aushandeln. Ich müsse mich nicht um solchen Kleinkram kümmern, ich sei für höhere Aufgaben vorgesehen. Die Stimme der Witwe wurde dunkler und sinnlich gurrend.

Überdies gebe es da noch einen faszinierenden Gedanken, der sie regelrecht elektrisiere: Außerhalb der Stadtmauern von Bad Thulsern erstreckt sich das weitläufige Gelände der Festspielwiese. Seit mehr als hundert Jahren spielt dort die einheimische Bevölkerung auf der 5.000 Quadratmeter großen Freilichtbühne patriotische Stücke nach Stoffen des Allgäuers Ludwig Ganghofer wie *Der Jäger von Fall* oder *Der Edelweißkönig, Der Herrgottschnitzer von Ammergau* und *Der Klosterjäger.* Mit der Beliebtheit der Aufführungen wuchs die Bühne immer mehr und mit ihr die längst überdachte Zuschauertribüne, auf der an die 3.000 Zuschauer Platz finden. Den Höhepunkt erreichten die Aufführungen durch die Anwesenheit Adolf Hitlers, der mitsamt seinem Gefolge der Freilichtbühne anno 1933 die Ehre gab und somit die Laienspiele in den Rang von Weihespielen erhob. Nebenan plante ein bulgarischer Investor den Bau eines großzügigen Kongresshotels mit allen Schikanen, was jedoch nicht nur die Anrainer, sondern vor allem auch die Naturschützer und Grünen zu verhindern wussten. Sie argumentierten und protestierten so lange, bis der Investor entnervt aufgab, sehr zur Enttäuschung des Bürgermeisters und des größten Teils des Stadtrates, hatte man sich doch Arbeitsplätze und eine lukrative Einkommensquelle davon versprochen, von der Imagesteigerung für Bad Thulsern ganz zu schweigen. Die Naturschützer hatten kritisiert, dass der Bau des Luxushotels ein „hochwertiges Biotop" zerstöre. Auch nach Änderung und Anpassungen seiner Pläne hätten die Gegner des Investors aus grundsätzlichen ideologischen Erwägungen das Projekt abgelehnt. Dabei hatte ihnen der wackere Bulgare zugesagt, den in die roten Zahlen gerutschten Festspielen finanziell kräftig unter die Arme zu greifen, zumal frühere Betreibergesellschaften der Festspiele bereits mehrfach Insolvenz anmelden mussten. Das Fünf-Sterne-Hotel sollte eigentlich eine dauerhafte wirtschaftliche Basis für das Festspieltheater der Ganghofer-Arena schaffen.

Wie mir die Witwe berichtete, hat ihr verstorbener Ehemann diese Entwicklung aufmerksam und nicht ohne Sorge verfolgt und sich das Scheitern der Pläne zuletzt an seine Fahne geheftet, denn einen Konkurrenten vor Ort wollte er nicht haben, weswegen er mit

„Spenden an die Opposition" ein wenig nachgeholfen habe. Sie aber sehe die Sache aus einer anderen Perspektive und trage sich mit dem Gedanken, dieses Hotel selbst zu bauen und mit Anrainern, Naturschützern und Grünen ein Arrangement zu treffen, das alle Teile zufriedenstellen sollte. Zeichne sich jedoch keine positive Entwicklung der Verhandlungen ab, so wisse sie durchaus Mittel und Wege, andere Saiten aufzuziehen und den Herrschaften mit den Methoden der Famiglia ein wenig auf die Sprünge zu helfen. Gegebenenfalls lasse sie hierfür ein paar Experten aus Sizilien einfliegen, die solche Angelegenheiten gewohnt unauffällig, effizient und schnell einer befriedenden Lösung zuführen würden. Wörtlich: Ein Warnschuss ab und zu beruhigt die Gemüter. Im Kampf darf man das Schlachtfeld nicht verlassen. Kurz und gut: All das seien Gedanken, die ihr durch den Kopf wanderten und zu deren Realisierung sie der Hilfe eines „Topjuristen" bedürfe.

Abschließend müsse sie unbedingt noch etwas ansprechen: Eine Städtepartnerschaft von Bad Thulsern mit Erfurt sei ihrem seligen Aniello ein Herzensanliegen gewesen: der lebendige Austausch von Jugend, Sport und Kultur, um einander besser zu verstehen und eine friedliche und wirtschaftlich gedeihliche

Zukunft aufzubauen. Die Famiglia habe in Erfurt bereits seit Mitte der 90er-Jahre Fuß gefasst, zahlreiche Immobilien und Restaurants seien bereits fest in italienischer Hand. Angebahnt seien die Geschäfte von Vertrauensleuten aus dem Ruhrgebiet worden, die etwas vom Immobilienhandel verstehen, Gesellschaften gründeten, in der eigenen Verwandtschaft Konzessionäre anwarben, Nachbarn mit ins Boot nahmen und bestens mit Politik und Wirtschaft verdrahtet seien. Jeder geht gern mal Italienisch essen. Die Erfurter Gruppe habe, so heißt es in offiziellen Berichten, einhundert Millionen Euro an Drogengeld gewaschen und zum Teil reinvestiert. Fast fünfzig Restaurants sollten von Thüringen aus gesteuert werden. Man mache Gegenbesuche in Rom, verstehe sich prächtig mit den italienischen Kollegen aus der Gastronomie und achte streng darauf, dass kein Tropfen Blut fließe. Das romantische Italienbild trage Früchte, die leicht zu ernten seien. Erfurt sei ein besonders ergiebiger Weinberg.

Dann wechselte sie schlagartig die Tonart von der schwärmerisch-enthusiastischen zur gänzlich emotionsfreien, scharf kalkulierenden Geschäftsfrau. Sie setzte mich mit kühlen Worten davon in Kenntnis, dass sie mich mit einem Mandat zu beauftragen gedenke, nannte selbstbewusst Fristen und Termine, an denen weitere Einzelheiten zu besprechen seien, und sie ließ nicht den Hauch eines Zweifels daran aufkommen, dass sie es gewohnt war, ihren Willen durchzusetzen, worum auch immer es gehen würde.

Erst nach und nach wurde mir bewusst, dass mich eine glänzende Zukunft erwartete.

In ihrem Ehebett sei noch ein Platz frei, ließ mich die Witwe diplomatisch verklausuliert mit nunmehr wiederum gurrender Lockstimme wissen, ehe sie auflegte.

Gott bewahre, am Ende landeten wir beide noch in Monte Carlo?

An Schlaf war da schon nicht mehr zu denken. Den Rest gaben mir schließlich meine durchwühlten Aufzeichnungen, die nicht mehr in der Ordnung im Koffer lagen, in die ich sie chronologisch wie inhaltlich-thematisch gebracht hatte. Kein Zweifel: Jemand musste in meinem Zimmer gewesen sein und es auf meine Forschungsunterlagen abgesehen haben. Aber was hatte er gesucht? Die Papiere waren zwar vollständig, allerdings in totaler Unordnung. Hatte das etwas mit meiner Tätigkeit als Consigliere in spe zu tun? Eines weiteren Beweises für meine definitive Nähe zur Famiglia bedurfte es nicht.

Am Ende der durchwachten Nacht entschied ich mich, das Mandat abzulehnen und mich nicht weiter auf die Witwe Sidara einzulassen: *Meglio solo che male accompagnati.* „Lieber allein als in schlechter Gesellschaft." Im Morgengrauen teilte ich Ingrid Sidara mit diesen Worten meinen Entschluss per Mail mit und machte mich auf den Weg zum Bahnhof Milano Centrale.

Aus dem Sammelordner

Am 10. Mai 2019 meldet das Münchner Boulevardblatt tz, *dass der amerikanische Bundesstaat Texas die Henkersmahlzeit abgeschafft hat. Der zum Tode verurteilte Lawrence Russell Brewer hatte sich vor seiner Hinrichtung 2011 ein besonders opulentes Mahl bestellt (Cheeseburger, Pizza, Faijitas, Grillfleisch, Eis und Bier), nur um dann nichts davon anzurühren. Das verärgerte den damaligen Senator sowie den Chef der Strafvollzugsbehörde so sehr, dass sie die Henkersmahlzeit einstellten. Mittlerweile erhalten die Todeskandidaten in Texas an ihrem letzten Tag dasselbe Essen wie alle anderen Häftlinge. In Florida darf die Bestellung der Henkersmahlzeit maximal vierzig Dollar betragen, in Oklahoma nur 15 Dollar, wobei Alkohol und Zigaretten tabu sind.*

Il ritorno in patria

Das Interessanteste an Zugabteilen sind die liegen gelassenen Zeitungen. Zufällig lag da im Eurocity nach München auch ein Exemplar der *Neuen Zürcher Zeitung*, die ich schon immer gern gelesen habe. Die regelmäßig interessante Seite *Literatur und Kunst* beschäftigte sich mit dem Thema Heimat.

Nachdem ich das Blatt beiseitegelegt hatte, las ich die Überschrift einer zweiten Zeitung, die von einer neuen Verhaftungswelle berichtete: Am Mittwochmorgen hätten Ermittler unter dem Codenamen *Pollino* in mehreren europäischen Ländern Razzien durchgeführt, die sich gegen die kalabrische 'Ndrangheta richten. In Deutschland gab es Einsätze im Großraum München und Nordrhein-Westfalen, schwerpunktmäßig im Rheinland und dem Ruhrgebiet. Der verhaftete Gastwirt einer Osteria bei Köln gelte als ein mutmaßlicher Haupttäter. Es sei der zweite Schlag gegen das italienische organisierte Verbrechen innerhalb von 24 Stunden. Bereits am Dienstagmorgen seien in Sizilien 46 mutmaßliche Mitglieder der sizilianischen Cosa Nostra festgenommen worden.

Um vier Uhr morgens begann der Einsatz: Ermittler in Deutschland, Italien, den Niederlanden und Belgien gingen seit Mittwochmorgen in einer groß angelegten Razzia gegen mutmaßliche Mitglieder der 'Ndrangheta vor. Angaben der italienischen Polizei zufolge sollen dabei insgesamt 84 Verdächtige bis zwölf Uhr festgenommen worden sein. Offiziell nennt man die Aktion einen großen Erfolg. Demnach seien in Deutschland mehr als 65 Objekte durchsucht worden, dabei habe es 15 Festnahmen gegeben. Zudem seien bei sechs „vermögensabschöpfenden Maßnahmen" Geld und Wertgegenstände im Wert von etwa fünf Millionen Euro sichergestellt worden.

In Duisburg wurde eine Gelateria durchsucht. Auch in Köln, Leverkusen, Neuss, Recklinghausen sowie im Ennepe-Ruhr-Kreis soll es Einsätze gegeben haben. Ein 45 Jahre alter italienischer Gastwirt einer Osteria aus Pulheim bei Köln wurde am Morgen in seinem Haus verhaftet. In Bayern seien zwei Objekte durchsucht worden. Sie liegen im Münchner Osten.

Dort sei jedoch niemand festgenommen worden. Von Bad Thulsern war nirgendwo die Rede. Im Allgäu herrschte Ruhe.

Vermutlich handelte es sich, wie meistens, um polizeilichen Theaterdonner: Viel Lärm um nichts. Ein Nadelstich, nicht mehr. In der Regel wird derlei bei den Behörden durch Maulwürfe vorab kommuniziert. Irgendeinen gibt es immer, der sich wichtigmachen will und die Klappe nicht halten kann. Die explodierenden Immobilienpreise besonders in München und im Allgäu sind das sicherste Anzeichen für die erfolgreiche Tätigkeit der Mafia, denn sie sind nichts anderes als das Resultat von Geldwäsche und Vermögenverschleierung. Wie hoch das Immobilienvermögen der Famiglia allein in Bayern ist, können Staatsregierung und Bundeskriminalamt nicht einmal mehr schätzen.

Ich legte die Zeitung gelangweilt beiseite und vertiefte mich in meine Reiselektüre: ein Buch über die palermitanische Staatsanwältin Serena Vitale mit dem Titel *Palermo Connection*. Als ich Hunger bekam, ging ich in den Speisewagen und bestellte bei dem österreichischen Personal die obligatorischen

Sacher-Würstel mit Kaisersemmel, Senf und Kren, und ich genoss bei einem Viertel Blauer Zweigelt die Reise durch das sich einnachtende Alto Adige. Da war ich wieder ganz der alte Herr Professor, den die Speisewagenkellner mit Respekt behandelten, indes ich mit spitzem Bleistift meine Aufzeichnungen dem Papier anvertraute. Ich liebe es, an Einzeltischen zu sitzen und die Landschaft an mir vorbeifliegen zu sehen wie einen Film, der eigens für mich gedreht wird. Ab und zu mustere ich wohlwollend mit einem Schmunzeln um die Lippen die anderen Fahrgäste an den Nachbartischen, schnappe Bruchstücke ihrer Unterhaltung auf und vollende diese in meinem Kopf zu einer runden Geschichte. Der Kellner im roten Gilet der ÖBB ist offenkundig Vietnamese, spricht aber breiten Wiener Singsang. Ich hätte gern herausgefunden, ob er Nord- oder Südvietnamese ist, denn ich gehöre zu jener Generation, die den Vietnamkrieg nicht nur bewusst wahrgenommen, sondern auch ihre einst positive Einstellung gegenüber den USA dadurch grundlegend überdacht und bisweilen radikal geändert hat. Der Ho-Chi-Minh-Pfad ist mir als Begriff ebenso geläufig wie Agent Orange oder Graham Greenes vorausschauender Roman *Der stille Amerikaner*.

Brixen lag schon hinter uns, und der Eurocity passierte Franzensfeste, wo einst das Napoleonische Heer durch die Wut der Tiroler Bauern und deren strategischen Einfallsreichtum in arge Bedrängnis geraten war. Als sich der Zug dem Brenner näherte, las ich auf der zufällig aufgeschlagenen Seite in *Palermo Connection*, was ein gewisser Giovanni sagt: „Die Mafia hat alles, was der Staat nicht hat. Sie funktioniert, hat feste Regeln und Strukturen, sie kann sich durchsetzen, die Menschen können sich auf sie verlassen."

Ich konnte mich nicht erinnern, diese Zeilen dick mit Bleistift unterstrichen zu haben.

Quellen, Zitate, Anregungen, Nachweis

Albath, Maike: Trauer und Licht. Lampedusa, Sciascia, Camilleri und die Literatur Siziliens. Berlin, Berenberg Verlag 2019

Bergdolt, Klaus: Kriminell, korrupt, katholisch? Italiener im deutschen Vorurteil. Stuttgart: Franz Steiner Verlag 2018

Camilleri, Andrea: M wie Mafia. Reinbek bei Hamburg: Rowohlt Taschenbuch Verlag 2010

Capote, Truman: Kaltblütig. Reinbek bei Hamburg: Rowohlt 1969

Chandler, Raymond: Der Bleistift. In: R. C.: Gefahr ist mein Geschäft. Und andere Detektivstories. Zürich: Diogenes 1980

Chandler, Raymond: Die simple Kunst des Mordes. Zürich: Diogenes 1975

Chandler, Raymond: Der lange Abschied. Roman. Aus dem Amerikanischen von Hans Wollschläger. Zürich: Diogenes 1975

Dickie, John: Omertà. Die ganze Geschichte der Mafia. Frankfurt/M.: Fischer Taschenbuch Verlag 2. Aufl. 2015

Douglas, Holger: La Mafia non esiste. In: tichyseinblick.de, 2. März 2018

Golisch, Stefanie: Engel und Ungeheuer. Zu Lorenzo Calogero. In: Kalliope IV/2008, S. 32–43

Falanga, Gianluca: Italien: Ein Länderporträt. Berlin: Ch. Links Verlag, 3. Aktual. Aufl. 2016

Ferrante, Louis: Von der Mafia lernen. Die Management-Geheimnisse der ehrenwerten Gesellschaft. München: Redline Verlag 2011

Gambetta, Diego: Die Firma der Paten. Die sizilianische Mafia und ihre Geschäftspraktiken. München: dtv 1994

Haas, Daniel: Die Heimat ist eine Herzregion. In: NZZ 26. 1. 2019, S. 30

Hentig, Hans von: Vom Ursprung der Henkers-Mahlzeit. Nördlingen: Franz Greno 1987

Hess, Henner: Mafia. Ursprung, Macht und Mythos. Freiburg/Basel/Wien: Herder Verlag 1993

Jünger, Ernst: Siebzig verweht. Band 1. Stuttgart: Klett-Cotta, 3. Aufl. 1995

Klüver, Henning: Der Pate – letzter Akt. Eine Reise ins Land der Cosa Nostra. München: C. Bertelsmann Verlag 2007

Lewis, Norman: Die ehrenwerte Gesellschaft. Düsseldorf/Wien: Econ Verlag 1965

La Licata, Francesco: Manager mit dem Mittelalter im Kopf. In: DU 771, Nr. 10/2006, S. 54–58

Leroy, Jérôme: Die Verdunkelten. Kriminalroman. Aus dem Französischen von Cornelia Wend. Hamburg: Edition Nautilus 2018

Lindlau, Dagobert: Der Mob. Recherchen zum organisierten Verbrechen. Hamburg: Hoffmann und Campe Verlag 1987

Lindlau, Dagobert: Rakket. Ein Hit von Charlie Fulcher. Hamburg: Hoffmann und Campe Verlag 1990

Malerba, Luigi: Die nachdenklichen Hühner. 131 kurze Geschichten. Aus dem Italienischen von Elke Wehr. Mit Zeichnungen von Matthias Koeppel. Berlin: Verlag Klaus Wagenbach 1984

Meier-Walser, Reinhard C./Hirscher Gerhard/Lange Klaus/Palumbo Enrico (Hrsg.): Organisierte Kriminalität.

Bestandsaufnahme, Transnationale Dimension, Wege der Bekämpfung. Hanns-Seidel-Stiftung München 1999

Meiler, Oliver: Es ist ein Kreuz. In: SZ Nr. 241, 19. 10. 2018, S. 3

Meiler, Oliver: Der Markt und die Mafia. In: SZ 28 vom 2./3. Februar 2019

Meister Suns Kriegskanon. Aus dem Chinesischen übersetzt und kommentiert von Harro von Senger. Stuttgart: Reclam 2011

Menzel, Ronja: Aus diesem bitteren Grund wurde in Texas die Henkersmahlzeit abgeschafft. In: tz vom 10. 05. 2019

Müller, Jürgen: Pharmaca diabolica und Pocula amatoria. Zur Kulturgeschichte der Solanaceen-Alkaloide Atropin und Skopolamin. In: Würzburger medizinhistorische Forschungen 17, 1998, S. 361–373.

Müller, Jürgen: Hexensalben und Liebestränke. Ein Beitrag zur Kulturgeschichte der Nachtschattengewächse. In: Swiss Journal of the History of Medicine and Sciences 55/1998, Heft 3–4

Nooteboom, Cees: Briefe an Poseidon. Frankfurt/M.: Suhrkamp 2012

Puzo, Mario: Der Pate. Roman. Reinbek bei Hamburg: Rowohlt Taschenbuch Verlag Neuausgabe 2001

Reski, Petra: Rita Atria – eine Frau gegen die Mafia. Hamburg: Hoffmann und Campe Verlag, 1994

Reski, Petra: Mafia. Von Paten, Pizzerien und falschen Priestern. München: Knaur Taschenbuch Verlag 2009

Reski, Petra: Von Kamen nach Corleone. Die Mafia in Deutschland. München: Knaur Taschenbuch Verlag 2012

Reski, Petra: Palermo Connection. Roman. Hamburg: Hoffmann und Campe Verlag 2014

Reski, Petra: Mafia. 100 Seiten. Ditzingen: Philipp Reclam jun. 2018

Schwabeneder, Mathilde: Die Stunde der Patinnen. Frauen an der Spitze der Mafia-Clans. Wien/Graz/Klagenfurt: Styria 2014

Sciascia, Leonardo: Das Gesetz des Schweigens. Sizilianische Romane. Wien: Paul Zsolnay Verlag 1998

Schraven, David/Meuser, Mile/Löer, Wigbert: Die Mafia in Deutschland. Kronzeugin Maria G. packt aus. Berlin: Ullstein Buchverlage 2017

Simenon, Georges: Maigret und das Verbrechen in Holland. Zürich: Diogenes 2008

Ulrich, Andreas: Das Engelsgesicht. Die Geschichte eines Mafia Killers aus Deutschland. München: Wilhelm Goldmann 5. Aufl. 2007

Visconti, Luchino: Il Gattopardo. Film 1963; deutsche Synchronfassung „Der Leopard" 1963

Inhalt